www.ingramcontent.com/pod-product-compliance
Lightning Source LLC
LaVergne TN
LVHW010833051026
849532LV00007B/2687
* 9 7 8 9 3 6 9 0 8 0 7 4 8 *

جسم کی پکار

(افسانے)

اختر حسین رائے پوری

Jism ki pukaar (Short Stories)

by: Akhtar Husain Raipuri

Edition: December '2025

Publisher :

Taemeer Publications LLC (Michigan, USA / Hyderabad, India)

ISBN 978-93-6908-074-8

کتاب	:	**جسم کی پکار** (افسانے)
مصنف	:	**اختر حسین رائے پوری**
بہ تعاون	:	الف یار ڈاٹ کام ویب سائٹ
صنف	:	فکشن
ناشر	:	تعمیر پبلی کیشنز (حیدرآباد، انڈیا)
سالِ اشاعت	:	۲۰۲۵ء
صفحات	:	۱۰۲
سرورق ڈیزائن	:	تعمیر ویب ڈیزائن

فہرست

پیش لفظ

اختر حسین رائے پوری کا نام اردو ادب کی ترقی پسند تحریک کے معماروں اور اولین نقادوں میں سر فہرست ہے۔ ان کی فکری بصیرت نے اردو میں اشتراکی تنقید کی بنیاد رکھی اور "ادب اور انقلاب" جیسے شاہکار مضامین کے ذریعے ادب اور زندگی کے گہرے رشتے کو واضح کیا۔ رائے پوری محض ایک نقاد ہی نہیں بلکہ ایک کثیر الجہات شخصیت کے مالک تھے؛ ماہر تعلیم، محقق، مترجم، اور سب سے بڑھ کر ایک ایسے افسانہ نگار جنہوں نے اپنے عہد کی فرسودہ روایات اور سماجی ناہمواریوں کے خلاف قلمی جہاد کیا۔ ان کے افسانے "زبان بے زبانی" سے ان کی ادبی سفر کا آغاز ہوا اور انہوں نے اپنے افسانوی مجموعوں "محبت اور نفرت" اور "زندگی کا میلہ" کے ذریعے اردو افسانے کو ایک نئی جہت دی۔ رائے پوری کی افسانہ نگاری اس بات کا ثبوت ہے کہ تخلیقی ادب کو محض تفریح کا ذریعہ نہیں بلکہ معاشرتی تبدیلی کا ایک طاقتور آلہ ہونا چاہیے۔ ان کی کہانیاں اپنے گرد و پیش سے متاثر ہو کر انسانی نفسیات، سماجی تضادات، اور طبقاتی کشمکش کو گہرائی سے بیان کرتی ہیں۔ وہ ادب کو زندگی کا آئینہ دار سمجھتے تھے جو ماضی، حال اور مستقبل میں رشتہ جوڑتا ہے، اور بنی نوع انسان کو وحدت کا پیغام سناتا ہے۔ ان کے افسانوں میں حقیقت پسندی، گہری

فکری بصیرت، اور ایک مخصوص اسلوبیاتی پختگی پائی جاتی ہے جو قاری کو محض کہانی پڑھنے پر مجبور نہیں کرتی بلکہ اسے سماجی اور اخلاقی سوالات پر غور کرنے پر بھی اکساتی ہے۔ یہ افسانے اس بات کی گواہی ہیں کہ اختر حسین رائے پوری نے ادب کو ایک سماجی فریضہ سمجھا اور اپنی تخلیقات کے ذریعے ماحول اور شخصیت کے باہمی تعلق کو فنکارانہ مہارت سے پیش کیا۔ ان کے افسانوں میں جنس، غربت، انسانیت کی تذلیل، اور جدیدیت کے کھوکھلے پن جیسے موضوعات پر نہ صرف خام خیالی بلکہ گہری تنقیدی نگاہ ڈالی گئی ہے۔ ان کی تخلیقات میں انسانیت کے بنیادی دکھ، سماجی بے حسی اور ذاتی کرب کو ایسے فنکارانہ انداز میں پیش کیا گیا ہے جو قاری کے دل پر گہرا اثر چھوڑتا ہے۔

زیر نظر مجموعہ "جسم کی پکار" اختر حسین رائے پوری کے نو (۹) منتخب افسانوں کا حسین انتخاب ہے جو ان کے فن کی وسعت اور گہرائی کا آئینہ دار ہے۔ "عورت" ایک ڈسٹوپیائی کہانی ہے جہاں جذبات و فن کو کچل کر عقل کی حکمرانی قائم کرنے کی کوشش کی جاتی ہے، مگر انسانیت اپنے اصل کی تلاش میں سرگرداں رہتی ہے۔ "موت" میں ایک بوڑھے، لالچی چراغ علی کی تنہا موت اور اس کے گناہوں کی بازگشت کو معاشرتی بے حسی کے پس منظر میں پیش کیا گیا ہے، جہاں ایک مظلوم لڑکی کی موت اس کے گناہوں کا حساب بن کر سامنے آتی ہے۔ "زلزلہ" سماجی انقلاب کی ایک علامتی داستان ہے جہاں ایک غیر فعال آتش فشاں کے پھٹنے سے پرانے نظام کی تباہی اور ایک نئے، منصفانہ معاشرے کی امید کو دکھایا گیا ہے۔ "میرا

گھر" ایک شہری کچی آبادی کے متنوع اور متضاد ماحول کی عکاسی ہے، جہاں انسانی بے حسی اور استحصال کے دلخراش مناظر ایک حساس روح کو اپنا ٹھکانہ بدلنے پر مجبور کر دیتے ہیں۔ "وہ دونوں" میں زندگی اور موت کے بعد محبت کے مختلف پہلوؤں اور اس کی آفاقیت پر مردہ روحوں کی گفتگو کو فنکارانہ انداز میں پیش کیا گیا ہے۔ "زبان بے زبانی" ایک برگد کے درخت کے نقطۂ نظر سے انسانی محبت، عبادت اور دکھوں کا فلسفہ بیان کرتی ہے، جہاں درخت خود کو انسانوں کی منافقت کا شکار پاتا ہے۔ "مجھے جانے دو" ایک طوائف کی درد بھری داستان ہے جو معاشرتی منافقت، مردوں کی ہوس اور عورت کی مظلومیت کو بے باکی سے عیاں کرتی ہے۔ "میری ڈائری کے چند ورق" شہری زندگی کے اضطراب، مذہبی دکھاوے، اور انسانی بے حسی کے خلاف ایک حساس انسان کی داخلی کشمکش اور فکری الجھنوں کو بیان کرتے ہیں۔ آخر میں، کتاب کے عنوان پر مبنی افسانہ "جسم کی پکار" اسلم اور امیلیا کے درمیان جسمانی اور روحانی محبت کے نازک رشتے کو پیش کرتا ہے، جہاں سماجی بندھن اور داخلی کشمکش جسمانی قربت سے زیادہ گہری روحانی وابستگی پر حاوی رہتی ہے۔

یہ افسانے نہ صرف اختر حسین رائے پوری کی ترقی پسند فکر کے ترجمان ہیں بلکہ انسانی وجود کے بنیادی سوالات اور معاشرتی حقیقتوں کی ایک بھرپور تصویر بھی پیش کرتے ہیں۔

ا

عورت

ایک ایسا زمانہ آیا جب تمام کائنات پر عقل و شعور کی حکومت کار فرما ہو گئی اور جذبات یکسر معدوم ہو گئے۔ اس کی تفصیل یوں ہے:

جب سماج اور قدرت پر انسان نے ایسا تسلط حاصل کر لیا کہ نظام معاشی میں کسی قسم کا خلل پیدا نہ ہو سکے اور حیات و ممات کے مسائل بھی تجربہ گاہوں میں حل ہو گئے تو سب کو یقین ہو گیا کہ اب دنیا میں امن و امان ہو جائے گا۔ مگر اس پیکر خاکی کو کیا کہیئے کہ ہر قسم کا اطمینان ہونے کے بعد بھی وہ کسی نہ کسی انتشار کی فکر میں رہا کرتا تھا۔ اسے ہیجان و ہنگامہ کے بغیر چین نہ ملتا تھا اور تہذیب اور تمدن کے عروج پر پہنچ جانے کے باوجود اس کی رگ بربریت اکثر زندہ ہو جاتی تھی۔

اس غیر عقلی رویہ کے سدباب کے لئے سیاستدانوں اور سائنس دانوں کا ایک کمیشن مقرر کیا گیا۔ سالہا سال تک زندہ اور مردہ انسانوں کے قالب زیر تفتیش رہے۔ مختلف شعاعوں اور آلوں سے ان کے جسم کا ہر عضلہ اور ہر خانہ چھانا گیا۔ دماغ و دل پر ہر قسم کی کیفیت طاری کر کے اس کے اثر کو تصویروں میں محفوظ کر لیا گیا۔ نفسیات کے پنڈتوں نے مہینوں ان کی ایک ایک حرکت کا مطالعہ کیا اور آخر

کار جملہ علوم کے ماہروں کے مشورے سے ایک نہایت ہی دلچسپ رپورٹ مرتب ہوئی۔

معلوم یہ ہوا کہ پورے جسم میں صرف ایک رگ ایسی ہے جو دماغ کے خانہ شعور کے احکام سے آزاد ہے۔ جب تک اسے بے حس نہ کیا جائے انسان کی زندگی کسی نہ کسی حد تک لامحالہ غیر عقلی جذبات کی مطیع رہے گی۔ یہ رگ کیا ہے۔ نہایت ہی نازک برقی احساسات کا ایک سلسلہ ہے جو دماغ کے خانۂ حس اور دل کے عضلۂ جذبات سے لے کر کمر کے نیچے تک پھیلا ہوا ہے۔ اسے ہر وہ چیز چھیڑ سکتی ہے جو شہوت اور جنس کا کوئی بھی عقلی یا نقلی تصور پیش کرتی ہو۔ مثلاً کئی مرتبہ ہیجان پیما آلوں نے یہ بتایا کہ جیسے ہی ایک سریلا راگ شروع ہوا، اس رگ میں سنسنی پیدا ہونے لگی۔ اگر یہ راگ کسی عورت نے گایا تو یہ رگ ایک تھرتھرائی ہوئی ٹہنی کی طرح پیچ کھانے لگی گویا وہ مغنی کے گلے سے لپٹنا چاہتی ہے۔ راگ کے فضا میں گم ہو جانے کے بعد بھی وہ دیر تک اشتعال کے عالم میں رہی لیکن اگر کہیں سے عبادت کی آواز آئی تو وہ رگ یوں ڈھیلی اور سست ہوگئی جیسے کسی نے اس کا رس چوس لیا ہو۔ وہ ایک روندی ہوئی بیل کی طرح بے حرکت ہوگئی۔ اسی طرح آکر آنکھوں کے آگے کوئی حسین مجسمہ آیا۔ وہ جو تاروں سے دھلی ہوئی رات کی طرح سبک و سیمیں ہوتا ہے، تو یہ رگ دیوانہ وار رقص کرنے لگی اور چوٹ کھائے سانپ کی طرح تڑپنے لگی۔

حیاتیات کے ماہروں نے بڑے غور وخوص کے بعد طے کیا کہ یہ رگ صرف اس وقت مردہ ہو سکتی ہے جب دنیا میں کوئی عورت نہ رہے اور اس کے ساتھ آرٹ

کا نام و نشان بھی مٹ جائے کیونکہ جب تک یہ دونوں باقی ہیں یہ عقل و شعور کی دشمن رگ بھی زندہ ہے۔ اس کے رہتے جذبات و ہیجانات کا زندہ رہنا لازمی ہے۔

سیالوں کی تجاویز ناممکن العمل نہ تھیں۔ عورتوں نے پہلے ہی حل کے مصائب برداشت کرنے سے انکار کر دیا تھا اور تجربہ گاہوں میں نہایت آسانی سے بچے تیار ہونے لگے تھے۔ سرخ و سفید جیسے دو مختلف نلیوں میں محفوظ رہتے تھے۔ تعین آبادی کے دفتر کو جتنی عورتوں اور مردوں کی ضرورت ہوتی وہ آناً فاناً ان سے تیار ہو جاتے تھے۔

اب عاقلوں نے ایک ایسی شعاع ایجاد کی جس نے تمام زنانہ جسیموں کو جلا ڈالا۔ مرد کے وہ تمام اعصاب فنا کر دیئے گئے جن سے جذبات کو فروغ ہو سکتا تھا۔ ایک ایسا آلہ بنایا گیا جو بچے کے سانس لیتے ہی بتلا دیتا تھا کہ اس میں کوئی فنی حس ہے یا نہیں۔ اس کے ساتھ عورت کے تصور کو بے رنگ و بو کرنے کی ہر ممکن تدبیر کی جانے لگی۔ لغت میں گناہ کا لفظ داخل کر دیا گیا۔ بچوں کو ڈرانے کے لئے عورت کا ہوآ تراشا گیا اور کتب و رسائل کا بہت بڑا ذخیرہ صرف یہ ثابت کرنے کے لئے شائع کیا گیا کہ مرد کے تمام مصائب کا سبب اول عورت اور اس کی موہنی ہے۔

غرض یہ کہ رفتہ رفتہ عورت بھی پری کی مانند عنقا ہو گئی۔ ایک جوان اور حسین عورت کی ممی یروشلم کے ایک باغ میں شیشے کے تابوت میں رکھ دی گئی تا کہ آنے والی نسلیں اس غارت گر حیوان کی مشابہت کا اندازہ کر سکیں۔ یہ تابوت جس مقبرہ میں رکھا تھا۔ اس کے پیش دروازے پر ایک کتبہ نصب تھا، "یہاں گناہ دفن ہے۔"

یہ نہ پوچھیئے کہ فن کاروں پر کیا بیتی۔ مولویوں اور پادریوں کا گروہ ایک نئی شکل میں نمودار ہوا۔ اس نے کہا کہ گناہ سے اتنا نقصان نہیں ہوتا جتنا گناہ پرستی سے اور یہ سب فن کار گناہ پرست ہیں۔

مغنیوں کو بطور سزا کارخانوں میں کام کرنے کے لئے بھیج دیا گیا۔ جہاں مشینوں کے شور و غوغا نے کان کے نازک پردوں کو بیکار کر دیا، اور ان کے گلوں میں ایسے سفوف ڈال دیئے گئے جن سے آواز میں کوئی گن باقی نہ رہا۔ مصوروں کو قابو میں لانے کے لئے رنگ سازی قانوناً ممنوع قرار دی گئی مگر غریب شاعر کا انجام ان سب سے زیادہ عبرت ناک تھا۔ اسے ان تجربہ گاہوں کا مددگار مقرر کیا گیا جہاں دلوں اور پھولوں کو چاک کر کے ان کا تجزیہ کیا جاتا تھا۔

غرض یہ کہ تھوڑے ہی دنوں میں حکومت کو اپنے مقصد میں کامیابی ہو گئی اور عورت کے ساتھ فن کا نام بھی دنیا سے اٹھ گیا۔

عقل و شعور کی دست رس سے باہر بحر ہند کے ایک گمنام گوشہ میں چٹانوں کا ایک سلسلہ تھا۔ سیاہ روائے آپ میں سنگ سفید کی دیوار اس مردود فرشتہ کی طرح تھی جو نیکوکاروں کے میلے میں گناہ کا لبادہ اوڑھ کر گھس آیا ہو۔

وہاں کے غاروں میں چار جاندار رہتے تھے۔ ایک شاعر دوسرا بت تراش، تیسرا مغنی اور چوتھا مجذوب، دنیا میں زن دفن پر تجدید عائد ہوتے ہی یہ چار یار ہندوستان سے بھاگ کر اس جزیرے میں آچھپے تھے اور ایک عرصہ سے یہیں اقامت گزیدہ تھے۔

بہت دنوں تک وہ ہنسی خوشی سے زندگی گزارتے رہے۔ جب شاعروں

درختوں کے جھرمٹ میں لیٹ کر لہروں سے ہمہ تن گوش ہوتا بت تراش منہ بند سنگ ریزوں میں نقش و نگار بنانے میں مصروف ہوتا اور مغنی اپنا رباب اٹھا کر اس فضا میں تلاطم برپا کر دیتا جس پر عقل کے گھوڑے دوڑ رہے تھے، تو مجذوب یا تو جال لئے مچھلیاں پکڑنے چلا جاتا اور یا تیر کمان سے پرندوں کا شکار کیا کرتا۔

ان کے ولولوں کو زندہ رکھنے کے لئے وافر سامان موجود تھا، سورج کا سمندر سے نہا کر نکلنا اور پھر اس میں ہی غرق ہو جانا، پرندوں کا صبح سویرے یوں نغمہ ریز ہونا گویا صرف انہیں ہی طلوع آفتاب کی خبر ہے اور ایک ایک قطرہ کا مل کر لہر، لہر سے بھنور، اور بھنور سے مدوجزر کی شکل اختیار کر لینا، بے رنگ مٹی سے گل ہائے رنگا رنگ کا کھلنا۔ تتلیوں کا انہیں اذن دینا اور پھر دونوں کا ورق ورق ہوا میں بکھر جانا۔ یہ چیزیں ایسی نہ تھیں جو ان کے تخیل کو حسین و رنگین نہ بنا سکتیں۔

ابتدا میں تو وہ اپنے تصویر میں عورت کی تصویر بنا سکتے تھے۔ کئی سال تک بت تراش عورت کے مجسمے بناتا رہا۔ شاعر اس کے تاثرات کو نظم کرتا رہا اور مغنی اس کی جدائی کے نغمے گاتا رہا۔ ایسے موقعوں پر آسمان سے ایک نہ ایک ستارہ ٹوٹ کر گر پڑتا تھا اور فلکیات کے استاد چیخ اٹھتے تھے کہ دنیا میں کہیں نہ کہیں محبت کا جذبہ پوشیدہ ہے۔

لیکن زیادہ عرصہ تک یہ ولولہ باقی نہ رہا۔ ان کے ذہن سے عورت کے خط و خال محو ہونے لگے۔ پہلے تو اس کا تبسم مبہم سا ہونے لگا اور بعد میں اس کی نگاہوں کی وہ ادا جو عالم بیداری میں خوابوں کی دنیا بساتی اجاڑتی ہے۔ فراموش ہونے لگی۔ اس کے جسم کے اردگرد جو ایک الہامی ہالہ سا ہوتا ہے۔ مٹ گیا اور آخر ایک دن ایسا آیا

جب عورت ان کے لئے اڑتے ہوئے بادل کی پرچھائیں ہو گئی۔

ماہ و سال ماضی کی راہ پر گرد کی طرح اڑتے گئے اور بڑھاپے میں انہیں یہ محسوس ہونے لگا کہ وہ اپنی منزل کی راہ بھول گئے ہیں۔ بت تراش بے جان چیزوں کے مجسمے اب بھی حسن و خوبی سے بنالیتا تھا مگر جب وہ کسی جاندار کا بت بنانا چاہتا تو اس کے ہاتھ میں رعشہ آ جاتا تھا۔ مغنی کے نغموں کی افسردگی اب بے کیف ہو گئی تھی اور شاعر کے جذبات سرد ہوتے جاتے تھے۔

انہوں نے سوچا کہ کیوں نہ ایک مرتبہ اس خوبصورت ممی کو دیکھ لیں جو یروشلم میں رکھی ہوئی ہے ممکن ہے کہ وہ نظارہ از سر نو تخیل کو جوان کر دے اور مرتے مرتے پھر ایک بار زندگی کی لو کو دم بھر کے لئے اکسا دے۔

انہوں نے جو کشتی بنائی وہ بہت کمزور تھی اور جو پتوار لی وہ بھی خستہ و خراب تھی مگر کشتی خود بخود بحر روم کی طرف بہتی چلی گئی گویا کوئی مقناطیس اسے اپنی طرف کھینچ رہا ہے۔

جب وہ یروشلم میں داخل ہوئے تو رات ابھی ایک پہر گزری تھی لیکن سڑکوں پر بالکل سناٹا ہو چکا تھا، کیونکہ عاقلوں کی دنیا میں نہ چور تھے نہ پہرے دار، نہ کتے تھے اور نہ موذن۔ خواب آور گیس کی ایک چادر تھی جو آبادی کا حلقہ کئے ہوئے تھی اور اس سے بچ کر نکلنے میں ان چاروں کو دقت پیش آئی۔

وہ مقبرہ ایک باغ کے اندر پھیکی چاندنی میں دور سے جھلملا رہا تھا۔ اس کے صحن میں شیشے کا ایک تابوت رکھا ہوا تھا جس کی کل کیفیت وہ دیکھ سکتے تھے کیونکہ لاش پر جو کیمیائی روغن لگائے گئے تھے، ان سے ہلکی سی ملگجی روشنی نکل رہی تھی، ویسی ہی

جیسی جاڑے کی چاندنی میں ہوتی ہے۔

انہوں نے دیکھا کہ عورت کا برہنہ جسم ساکت و بے حرکت پڑا ہوتا ہے۔ وہ برہنگی کے معصوم لباس میں بے رنگ قوس قزح کی طرح بے جان پڑی ہوئی ہے۔ دیر تک وہ سکتہ کے عالم میں اس تابوت کے آگے کھڑے رہے جس میں گناہ کے ساتھ انسان کی تمنا، اس کی مایوسی اور اس کی امید، اس کے خواب اور اس کے تخیل دفن تھے۔

بالآخر مجذوب نے کہا، "آؤ ہم حسن و عشق کے اس قالب میں پھر سے روح پھونکیں۔ آؤ ایک بار جنون کی پوری قوت سے اس کا شانہ ہلا کر کہیں کہ اٹھ ایک مرتبہ پھر اضطرار و انتظار کی راگنی سنا کہ دنیا پر جمود کا عالم طاری ہے۔ پھر ہمیں وہ جذبہ دے کہ زندگی میں کوئی فریب پیدا کریں، وہ فریب جسے ہم مقصد یا ایمان کے نام سے یاد کریں اور ہمارے سارے علم کو اپنے ایک جنون نواز تبسم کے صدقے میں واپس لے لے۔"

یہ کہہ کر مجذوب نے اس تابوت کو چکنا چور کر دیا اور عورت اپنے اصلی روپ میں پھر دعوت نظارہ دینے لگی۔ لیکن نہ تو اسے کوئی دیکھنے والا تھا اور نہ وہ زندہ تھی۔

شاعر نے مجذوب کا ہاتھ تھام لیا اور کہا، "نہیں، یہ عورت مردہ ہے اسے ہم زندہ نہ کریں گے۔ ہم خالق ہیں۔ مسیحا بننے کی کوشش کیوں کریں۔ ہم ایک نئی عورت کی تخلیق کریں گے۔ یہ عورت آب و گل سے بنی تھی اور اس کا نفس آتشیں تھا۔ یہ پانی کی طرح بہتی تھی، آگ کی طرح جلتی تھی اور مٹی کی طرح ہر شئے اپنے میں ضم کر لیتی تھی۔ اس میں پانی کی سیماب وشی، آگ کی نفرت اور خاک کی ہوس

مضمر تھی۔

آؤاب ہم اپنے تخیل سے ایک عورت پیدا کریں، وہ عورت ایسی ہو جو شبنم کی طرح تادم آخر محبت کا ڈال پر جگمگاتی رہے۔ سورج کی پہلی کرن کی طرح وہ باغِ زندگی کی روشوں پر گل بوٹے بنایا کرے اور وہ ایسی مٹی نہ ہو جس میں انسانیت کی قبر بنا کرتی تھی، بلکہ وہ جس سے تھکے ماندے مسافروں کے لئے سرائے بنالی جاتی ہے۔ اور وہ عورت کبھی سوچتی نہ ہو کیونکہ خیال کی انتہا ہلاکت ہے۔ وہ ہمیشہ خواب دیکھا کرے، کیونکہ جو خواب دیکھتا ہے وہ زندگی کے در و دیوار بناتا ہے۔"

یہ سن کر بت تراش نے ایک مٹی کا تودہ جمع کیا اور اس کے ساتھیوں نے ایک ایک پتی سے اوس کے قطرے نکال کر اس کا مادہ تیار کیا۔ جب عورت کا بت بن چکا تو مغنی نے ایک نغمہ چھیڑا اور سب نے دیکھا کہ مورت کے چہرے پر رنگت آ رہی ہے۔ اس کے گیلے بالوں میں گھونگرو پڑ رہے ہیں۔ ابرو میں کجی پیدا ہو رہی ہے اور سروں کے اتار چڑھاؤ کے ساتھ اس کی رگیں ایک خاص گت پر تھرک رہی ہیں۔ لیکن عورت کا دل خاموش تھا۔ اس میں اب تک دھڑکن پیدا نہ ہوئی تھی۔

پھر شاعر نے اپنا گیت سنایا۔ جب اس کا تخیل رنگین ہوتا تو عورت کے ہونٹوں پر مسکراہٹ دوڑ جاتی تھی۔ وہ ہونٹ جو فرط شرم سے کبھی دانتوں کے نیچے نہ دبائے گئے تھے۔ جنہوں نے کبھی محبت کی کہانی نہ سنی تھی، جو ایسے معصوم تھے گویا ابھی شراب سے دھوئے گئے ہوں، جب شاعر پر یاس و غم کا دور طاری ہوا تو ان پلکوں کے نیچے آنسو کی ایک بوند ڈبڈبا آئی۔ لیکن عورت اب بھی بے حرکت اور بے جان تھی۔ اس کا دل ابھی خاموش تھا۔

تب مجذوب آگے آیا، وہ جس نے دنیا سے کبھی کچھ طلب نہ کیا تھا۔ وہ رونے اور ہنسنے کے سوا کچھ نہ جانتا تھا اور کسی کو معلوم نہ تھا کہ وہ کیوں ہنستا ہے اور کیوں روتا ہے۔ اس نے بے اختیار اپنا منہ اس مورت کے لبوں پر رکھ دیا۔

اور قبل اس کے کہ بت تراش اس وحشیانہ فعل کے خلاف کچھ کہے، سب نے دیکھا کہ عورت میں جان آگئی ہے اور سورج کی ایک کرن افقِ بعید سے سر ملا رہی ہے۔

اس پہاڑی پر، جہاں عیسیٰ کو سولی دی گئی تھی، کھڑے ہو کر عورت نے دیکھا کہ حد نظر تک ایک سوکھی اور جلی ہوئی کھیتی پھیلی ہوئی ہے، جس میں کہیں شادابی و سر سبزی کا نام نہیں ہے، کہیں کوئی پیڑ پودا نظر نہیں آتا۔ فقط ایک پھول اس کے قدموں کے نیچے لہلہا رہا ہے۔

***

۲

موت

وہ ایک اندھیری کوٹھری میں دم توڑ رہا تھا۔ یہ نہیں کہ کوٹھری میں روشنی نہ آسکتی ہو۔ مگر دروازہ اندر سے بند تھا، کھڑکی میں اندر سے چٹخنی لگی ہوئی تھی۔ روشن داں کے منہ پر ایک مکڑی نے بڑا سا جالا بن دیا تھا۔ جالے کے ارد گرد زندگی کی زنجیر، اندر موت کی کال کوٹھری۔

مرنے والا اکیلا ہے۔ وہ مرنا نہیں چاہتا لیکن مر رہا ہے، اس کا گلا رندھ گیا ہے۔ اس کی پتلیاں پانی بن کر بہہ رہی ہیں، رگیں پھول کر نیلی ہو گئی ہیں۔ جبڑا بیٹھ گیا ہے۔ ہاتھ پاؤں اینٹھ رہے ہیں۔ منہ سے کف بہہ کر داڑھی پر پھیل گیا ہے، جیسے ناریل کی جٹوں پر پانی کو بوندیں۔

کرایہ دار دروازہ کی دراڑ سے اندر جھانکتے ہیں اور قہقہہ لگا کر کہتے ہیں، "ابھی مرا نہیں ہے سالا۔"

ہر طرف زندگی کا رقص جاری ہے، نیچے سڑک پر پنواڑی کی دوکان کے سامنے زنخوں کا سوانگ ہو رہا ہے۔ تماشائیوں کا ہجوم لگا ہوا ہے۔ ایک ہجڑا کسی راہ چلتے مولوی کو نقل اتار رہا ہے۔ مولوی کا آیتیں پڑھتے ہوئے اپنی بیوی کے پاس اس

طریقے سے جانا گویا وہ شیطان سے جنگ کرنے جارہا ہے۔ کبھی نفرت اور کج ادائی سے اپنی بیوی کو جھڑکنا اور کبھی غلبۂ شیطانی سے مغلوب ہو کر گھگیانا، مولوی کی جھڑکی، مولوی کے نخرے، دیکھنے والے لوٹ پوٹ ہو رہے ہیں۔ دور سے ایک مہتر میلا گاڑی لئے آرہا ہے۔ منہ پر ایک ڈھاٹا بندھا ہوا، کپڑوں کے نام پر غلاظت کی پوٹ مظلومیت کا پتلا۔ دن دھاڑے گلا پھاڑ کر گاتا ہوا۔

نہیں پایوں رام جی تورو پار

اس نے گاڑی وہیں روک دی اور اطمینان سے بیڑی پیتے ہوئے ہیجڑوں کے گانے میں تال دینے لگا۔

مرنے والا بہرا نہیں ہے۔ وہ ان آوازوں کو صاف سن سکتا ہے۔ کوئی کرایہ دار گراموفون بجارہا ہے اور آنگن کے گودام سے چھال ٹین کے گٹھر نکالنے والے قلی بیک آواز ریکارڈ کی گت پر گارہے ہیں۔۔۔ توری ڈوری لگی اجمیر خواجہ پیا۔

نل پر نہانے والے صابن ساز حاجی نے لنگی کے اندر پانی ڈالتے ہوئے کہا، "بھئی بٹو کچھ سنا چراغ بھی مر رہا ہے۔"

بٹو نے تارکول سے گٹھر پر ایک لکیر کھینچتے ہوئے کہا، "حاجی جی یہ سالا بڈھا مر کر بھی چین نہ لینے دے گا۔ بھوت بن کر ستائے گا بھوت بن کر۔"

کرایہ داروں میں افراتفری پھیلی ہوئی تھی جن کے ذمہ کئی کئی ماہ کا کرایہ باقی تھا وہ اپنا سامان لے کر رفوچکر ہونے کی تیاری کر رہے تھے جن کا حساب بیباق تھا، وہ بڈھے چراغ علی کے مال ومتاع کا حساب لگارہے تھے۔

چراغ علی کے تیز ناخون ان کے گوشت میں پیوست ہونے کے لئے مچل رہے

تھے۔ مرنے سے پہلے وہ ایک بار چیخ کر کہنا چاہتا تھا۔ دے دو میرا روپیہ۔

روپیہ۔ ایک، صرف ایک چمکتا ہوا روپیہ سامنے کے طاق پر رکھا ہوا ہے۔ روشندان سے صرف ایک کرن مسکراتی اور جگمگاتی ہوئی گھس آئی ہے اور اس روپیہ سے آنکھ ملا رہی ہے۔ روپیہ کسی شریر کانی آنکھ کی طرح دمک رہا ہے۔ بوڑھا اسے صاف دیکھ سکتا ہے۔

اس کا دماغ مختل ہونے لگا ہے، اسے یہ شبہ ہوتا ہے کہ روپیہ پر خدا کی مہر لگی ہوئی ہے، خدا۔۔۔ چاندی کی کانوں کا مالک۔۔۔ امیروں کی امارت بڑھانے والا، غریبوں کے خون کی چاندی بنانے والا چراغ علی کا خدا کہاں ہے وہ۔

وقت۔۔۔ کبھی شروع نہ ہونے والا کبھی ختم نہ ہونے والا وقت۔ دیوار گھڑی کی ٹخ ٹخ میں کوئی ڈراؤنا گیت گا رہا ہے، گھڑی کے کانٹے بوڑھے کے منکر نکیر ہیں۔ اس نشان پر پہنچ کر جب یہ شکار اجل دنیا میں آیا تھا۔

مچھر۔۔۔ بنئے کا بھائی۔ دونوں خون پینے والے۔ گویا اپنی آواز میں چراغ علی کو سورۂ یٰسین سنا رہا ہے۔

کھٹمل۔۔۔ بنئے کا بیٹا۔ میلی کچیلی توشک سے نکل کر رینگتا ہوا بڈھے کے جسم پر چڑھ گیا ہے۔ بڑی تلاش کے بعد اسے گلے میں خون کی ایک بوند ملتی ہے۔ اسے پی کر وہ وہیں مر جاتا ہے۔ اس خون میں زہر پیدا ہو چکا ہے۔

بوڑھا اپنی بے بس آنکھیں ہر طرف گھماتا ہے۔ اسے دیوار پر کچھ ہلتے ہوئے سائے دکھائی دیتے ہیں۔ وہ چیخنا چاہتا ہے لیکن اس کے گلے میں پھندا سا پڑ گیا ہے۔ وہ اپنی آنکھیں بند کر لیتا ہے لیکن پپوٹوں کے اندر جانے پہچانے آدمیوں کا ایک

جلوس چل پھر رہا ہے۔

اس کی بیوی۔۔۔ بچے پیدا کرنے والی عورت۔ اپنی چوٹوں پر ہلدی کی سینک لگا رہی ہے۔ چراغ علی کو اپنے زخم دکھا کر وہ کہتی ہے۔ تو نے مجھے کل کس بیدردی سے پیٹا تھا۔

اس کی بہن۔۔۔ دھوکڑیا بگان، کے ایک کچے گھر کے آگے اپنی عصمت کا مول کر رہی ہے۔ چراغ علی کو دیکھ کر وہ کہتی ہے، "کیوں جی، تم یہاں نہ آؤ گے۔" پھر یتیموں اور بیواؤں کا ایک انبوہ، بھوکا پیاسا، برسات میں بھیگتا ہوا چراغ علی کے در پر کھڑا فریاد کر رہا ہے۔

اس جلوس کے آخر میں ایک عورت ہے۔ وہ لوہے کے ایک بہت بڑے نل کے اندر اکڑی ہوئی پڑی ہے، اس کی سہمی ہوئی آنکھیں چراغ علی کی طرف ٹکٹکی باندھ کر دیکھ رہی ہیں۔

چراغ علی آنکھیں بھینچ لیتا ہے۔ اس کا مفلوج جسم کانپنے لگتا ہے۔ اس کا تخیل اپنی عمیق قبر میں تڑپنے لگتا ہے۔

(تیس سال پہلے)

ایک عالی شان عمارت کا آنگن بھکاریوں سے کھچا کھچ بھرا ہوا تھا۔ کوڑھی، گوشت کے سڑے ہوئے ٹکڑے گراتے اور ہلاکت کے جراثیم پھیلاتے ہوئے، گھسٹ گھسٹ کر وہاں جمع ہوئے تھے۔ بوڑھی بھکاریاں سر جھکائے ایک کونے میں کھڑی ہوئی تھیں۔ بچے ننگے، بھوکے، میلے۔۔۔ حوض کے پانی سے کھیل رہے تھے۔ دو تین لنگڑے چبوترے پر بیساکھیاں رکھ کر باتیں کر رہے تھے۔ ان میں سے ایک

کے جھولے میں بہت سی جھوٹی بیڑیاں پڑی ہوئی تھیں۔ اس نے بہت احتیاط سے ایک بیڑی چنی، اسے سلگایا اور مٹھی میں دبا کر ایک کش لگایا۔

"کھیر اتی کھاں، دنیا کی اصل پتریا کی سی ہے۔ جتنا جبر جست مرد پتریا اتنی ہی راجی۔ بیسوا کے بھڑووں کو نہیں دیکھتے۔ چاہے اس کے یار ہجاروں نچھاور کریں پر وہ منہ بھی نہیں لگاتی۔ اس پر کسی کا بس چلتا ہے تو بھڑوے کا۔ یہی حال اس جنم جلی دنیا کا ہے۔ نماز پڑھ پڑھ کر ماتھا پھوڑ لو، مکے، مدینہ کی کھاک چاٹ لو پر دنیا بس میں نہیں آتی۔"

"بھیا۔ سیکھو، اپنا اپنا نصیبا ہے۔"

"اجی مارو گولی۔ بھول گئے۔ جب شہر میں لٹس مچی تھی۔ جو بڑا ابجار پہونچا وہ مالا مال ہو گیا۔ میرے پلے تو گھی کے پیپے سے جاستی کچھ نہ پڑا۔ مدار دھنیا نے ایک ماڑواڑی کی حجامت کر دی۔ ماں کسم ایک پیتہ میں کھونچے لے کر پھیری کرنے لگا۔ دیکھو بھاگ سے کوئی ایسا ہی چھیکا ٹوٹے۔"

اسی وقت "سیٹھ آگیا"، کا شور مچا اور یہ لنگڑے اپنی اپنی بیساکھی لے کر بھیڑ میں گھس گئے۔

سیٹھ چراغ علی پیسوں کی ایک تھیلی لئے ہوئے زینہ سے اتر رہا تھا۔ آگے آگے نوکروں کا ایک غول ہاتھ میں ڈنڈے لئے ہوئے۔ چراغ علی چبوترے پر کھڑا ہو گیا۔ بھکاریوں میں ریل پیل، دھکم دھکا جو آگے قریب آتا ایک پیسہ لے کر ہٹ جاتا اور دوسری طرف سے کنیاتا ہوا پھر پیسے کے لئے ہاتھ بڑھا دیتا۔ اگر کوئی نوکر پہچان لیتا تو ڈنڈے مار کر پیچھے ہٹا دیتا لیکن وہ ڈبکی بھر کر پھر دوسری طرف سے آگے

آ جاتا۔

کمزور بوڑھے اور بھکارنیاں سب سے پیچھے کی صف میں کھڑے رہ گئے۔ کبھی تو وہ ان ہڑدنگے بدمعاشوں کو گالیاں دیتے اور کبھی سیٹھ کو کوسنے لگتے تھے۔ آدھے گھنٹے تک یہی آپا دھاپی ہوتی رہی اور جب پیسے چک گئے تو سیٹھ تھیلی دربان کو سونپ کر اوپر چلا گیا۔

جن بھکاریوں کو کچھ نہ ملا تھا وہ تھوڑی دیر چلاتے رہے لیکن نوکروں نے انہیں ٹھوک پیٹ کر باہر کر دیا۔ البتہ کچھ جوان بھک منگنیاں کسی چیز کا انتظار کرتی رہیں۔ دربان نے تھیلی میں بچے کھچے پیسوں کو جھنکار کر انہیں گودام میں چلنے کا اشارہ کیا۔

پیچھے کے زینے کو تھامے ہوئے ایک نوعمر لڑکی چپ چاپ کھڑی ہوئی تھی۔ وہ اپنے آنچل کو اس انداز سے کھینچ رہی تھی گویا شرم سے کٹی جا رہی ہو۔ اس کے کپڑے میل میں اٹے ہوئے تھے اور جگہ جگہ سے پھٹ گئے تھے لیکن اس کا پیلا چہرہ پہاڑی چنپے کی طرح بھولا تھا وہ اپنے اپاہج باپ کے لئے روٹی ڈھونڈھنے نکلی تھی جو برساتی میں پڑا ہوا تھا۔ باپ دو دن کا بھوکا تھا۔ اور پانی میں بھیگ کر اسے بخار آ گیا تھا۔ اس دھینگا مشتی میں لڑکی خیرات سے محروم رہ گئی تھی۔ لڑکی نے سوچا تھا کہ وہ سیٹھ کو اپنا دکھڑا سنائے گی تو ممکن ہے وہ باپ کو یا اسے کچھ کام دے دے۔ بس اتنا کہ وہ دن میں ایک بار روٹی کھا سکیں۔ لیکن وہ کھڑی کی کھڑی رہ گئی اور سیٹھ خیرات بانٹ کر اوپر چلا گیا۔

لیکن آج جمعہ کا دن تھا، سیٹھ نماز کے لئے مسجد جائے گا اور وہ اسی زینہ سے اترے گا۔ اس آس میں بھکارن وہیں سیڑھی پر بیٹھ گئی۔

دوپہر کو۔۔۔ اور جمعہ کی دوپہر کو۔۔۔ مسلمانوں کے گھروں میں سناٹا ہو جاتا ہے، چھ دن روپیہ کی نماز، ساتویں دن اللہ میاں کی نماز! لڑکی اس سناٹے کے عالم میں وہیں بیٹھی ہوئی سیٹھ کے نیچے اترنے کا انتظار کرنے لگی۔

چراغ علی نیچے اترا۔ اس کا ناپاک جسم پانی میں نہا کر صاف کپڑوں میں ملبوس تھا۔ حج سے واپسی کے وقت مدینہ منورہ سے وہ جو لنگی لایا تھا وہ آج زیب تن تھی۔ آنکھوں میں سرمہ، داڑھی میں عطر۔

لڑکی اسے دیکھ کر اٹھ کھڑی ہوئی لیکن اس کی زبان سے ایک لفظ نہ نکلا۔ وہ گھبرا کر ادھر ادھر دیکھنے لگی اور خود بخود اس کی آنکھوں میں آنسو آ گئے۔

چراغ علی نے سر سے پاؤں تک اس کا مطالعہ کیا۔ عمر کم تھی، مشکل تیرہ سال، لیکن صورت شکل اچھی تھی خاصی اچھی۔

"کیوں لڑکی یہاں کیوں بیٹھی ہوئی ہے۔ تجھے کچھ نہیں ملا؟ ارے ہوں۔ کہاں رہتی ہے؟ اچھا۔"

چراغ علی نے دائیں بائیں دیکھا، مطلع صاف تھا۔

"اچھا اوپر آؤ، میں تمہیں پیسے دوں گا۔ باپ بیمار ہے؟ بیچارا۔ فکر نہ کرو میں تمہیں پیسے نہیں روپے دوں گا۔"

بھکارن کا کملایا ہوا چہرہ کھل گیا۔ وہ بے کھٹکے اوپر چڑھ گئی۔ چراغ علی نے ایک کوٹھری کا دروازہ کھولا۔ اسے اندر بیٹھنے کا اشارہ کیا۔ پھر باہر آ کر چپکے سے قفل جڑ دیا اور دوسری طرف سے جا کر اندر سے چٹخنی نکالی۔

"نہیں تم گھبراؤ نہیں۔ تمہیں کتنے روپے چاہئیں؟"

جیب سے اس نے کئی روپے نکالے "ایک دو تین۔ بس یہی تو۔"

تم کام چاہتی ہو، میں تمہیں روز ایک روپیہ دوں گا۔ تمہیں روز اسی وقت آکر اس کمرے کو صاف کرنا ہو گا۔ راضی ہو۔ اچھا یہ لو آج کی مزدوری، روز اسی وقت یاد رہے گا؟ یہاں آؤ اور قریب، ڈرو نہیں۔ میرے پاس بیٹھ جاؤ۔ میں کچھ نہیں کروں گا۔ روز ایک روپیہ۔ خوش نہیں ہو؟ تمہیں گدگدی ہوتی ہے۔ کہاں؟ کمر میں، اور کہیں؟ اچھا، ذرا میرے پاؤں دباؤ۔ میں پلنگ پر لیٹ جاتا ہوں۔ پیتا نے نہیں یہاں بیٹھو۔ دباؤ۔"

(کئی سال گزر گئے)

چراغ علی کی حویلی کے آگے لوگوں نے ایک پاگل عورت کو دیکھا۔ وہ زبان سے کچھ نہیں کہتی تھی۔ گھنٹوں وہ پھاٹک کی برساتی میں چپ بیٹھی رہتی اور کبھی مکان کی طرف انگلی اٹھا کر سڑک پر کھڑی ہو جاتی۔ راہ چلنے والوں کا دامن پکڑ کر وہ اس مکان کی طرف اشارہ کرتی اور چیخ کر سڑک پر بھاگنے لگتی۔ اس کے بعد وہ کئی کئی روز کے لئے غائب ہو جاتی اور جب لوٹ آتی تو اسی طرح پھاٹک کے پاس چپ بیٹھ جاتی۔

لوگوں نے دیکھا جب دربان نہیں ہوتا تو وہ ڈرتے ڈرتے اندر آتی ہے اور پچھلے زینے کے پاس سر جھکا کر بیٹھ جاتی ہے۔ اپنے آنچل کو بھینچتے بھینچتے وہ چونک کر کھڑی ہو جاتی ہے اور اوپر دیکھ کر ایک وحشتناک آواز نکالتی ہے۔ جب تک دربان باہر نکلیں وہ بھاگ جاتی تھی۔

چراغ علی اسے دیکھتے ہی نہ جانے کیوں سراسیمہ ہو جاتا تھا۔ پگلی اسے انگلی دکھا

کر ایک دردناک آہ بھرتی تھی اور بھاگ جاتی تھی۔

جاڑے کے دن تھے۔ چراغ علی اپنے دوستوں کے ساتھ پھاٹک میں داخل ہو رہا تھا کہ وہ پگلی سامنے آگئی۔ اس نے حسب دستور اس کی طرف انگلی کا اشارہ کیا۔ اس نے کھینچ کر ایک بیت پگلی کے منہ پر لگایا۔ دوستوں نے اس کا ہاتھ پکڑ لیا اور کھینچ کر اندر لے گئے۔

پگلی نے کچھ نہ کہا۔ وہ وہیں بیٹھ گئی۔ اس کی آنکھوں سے آنسو بہنے لگے۔ وہ چپ چاپ رونے لگی۔

جب صبح ہوئی تو لوگوں نے سڑک پر پڑے ہوئے لوہے کے ایک بہت بڑے بمبے میں کسی عورت کے ٹھٹھرے ہوئے پیر دیکھے جب وہ پیر باہر کھینچے گئے تو پگلی کی اکڑی ہوئی لاش نکلی۔ وہ رات کو اس میں سو گئی تھی اور جاڑے کے مارے اکڑ کر مر گئی تھی۔ شور سن کر جب چراغ علی گھر سے نکلا تو اس کا رنگ زرد پڑ گیا۔ پگلی کی پتھرائی ہوئی آنکھیں ٹکٹکی باندھ کر اسے گھور رہی تھیں۔

***

۳

زلزلہ

(کوہ آتش فشاں سکون و جمود کے عالم میں ہے۔ غالباً وہ عرصۂ دراز سے خوابیدہ ہے۔ کیونکہ اس کا جسم پتھرا گیا ہے اور شگافوں میں ببول کے درخت ابھر آئے ہیں۔ البتہ اس کی زندگی کی شہادت دھوئیں کی اس مسلسل لہر سے ملتی ہے جو چوٹی کے کسی نامعلوم درز سے نکل کر دم بھر کے لئے فضا پر حلقے بناتی اور پھر اوجھل ہو جاتی ہے۔

اس کی ترائی میں آبادی بس گئی ہے۔ چھوٹی چھوٹی جھونپڑیوں کی قطار میں اکے دکے ایوان، سیاہ جلد پر کوڑھ کے داغوں کی طرح، دور سے نظر آرہے ہیں۔ ان میں سے ایک مکان سے سیلانیوں کی ایک ٹولی جو چار مردوں اور عورتوں پر مشتمل ہے، خراماں خراماں آتش فشاں کی طرف آتی اور وادیٔ کوہ کے ایک مرغزار پر بیٹھ جاتی ہے۔

مردوں میں سے ایک اس ترائی کا زمیندار ہے کیونکہ راہ چلتے گڈریئے اور کسان اس کے ایک اشارے پر پیچھے چلے آئے ہیں، اوراب دست بستہ اس کے حکم کے منتظر ہیں۔ اس کا نام رنبیر ہے۔ باقی میں سے دو کی شوقیانہ آرائش ان کے نو

دو لتے ے پن کی غمازی کر رہی ہے۔ یہ دونوں بے نام ہیں، اس جماعت کا چوتھا رفیق اپنے وطیروں میں سب سے جداگانہ حیثیت رکھتا ہے۔ اس کے الجھے ہوئے بال، بڑھی ہوئی داڑھی اور بھٹکی ہوئی نظریں بتلا رہی ہیں کہ وہ کوئی مفکر ہے۔ اس کا نام سہراب ہے۔

عورتیں یوں ملبوس ہیں گویا انہوں نے اپنے آغوش میں زندگی کے راز کو چھپا لیا ہے، وہ دونوں نام سے بے نیاز ہیں۔

آسمان پر بادلوں کے آوارہ ٹکڑے گھوم رہے ہیں اور سورج اپنی متاع شب کے سپرد کر رہا ہے۔)

عورت: یہ آتش فشاں بظاہر کتنا معصوم اور خاموش ہے۔ کون شبہ کر سکتا ہے کہ اس کے سینے میں لاوے کے دھارے موجیں نہیں مار رہے ہیں اور چٹانیں پگھل نہیں رہی ہیں، یہاں آکر مجھے اسی قسم کی دہشت محسوس ہوتی ہے، جیسی طوفان سے پہلے پرندوں کو۔ او کسان، کچھ پتہ ہے کہ یہ پہاڑ کب سے ساکت اور بے جان ہے؟"

کسان: یہ پہاڑ ہمارے ہل سے زیادہ پرانا ہے اور اس دن سے خاموش ہے۔ جب ہم نے اس کی ترائی کو جوتنا شروع کیا تھا کبھی کبھی وہ ایک گہرا سانس لیتا ہے، اس کے دہانے پر شعلے کی ایک لپک دکھائی دیتی ہے، اس کی سلیں چیخ جاتی ہیں اور اس کی ترائی لرزنے لگتی ہے۔ پھر وہ بہت دنوں کے لئے چپ ہو جاتا ہے۔

عورت: اور زنبیر، تم اس کے پڑوس میں رہتے ہوئے ڈرتے نہیں؟ ممکن ہے کبھی یہ پھٹ پڑے!

رنبیر: جتنا زیادہ میں اس آتش فشاں کو دیکھتا ہوں، مجھے یقین ہو جاتا ہے کہ یہ عورت کا مجسمہ ہے۔ کون جانتا ہے کہ عورت کے دل میں کیا ہے۔ وہ بہتا ہوا پانی ہے، جو محبت کی سوت سے نکل کر نفرت کے آبشار کی طرف بہہ رہا ہے۔ مگر کیا پتہ کہ اس میں کب مدوجزر ہو، کب سیلاب آئے اور کب بھنور پڑے۔ یہی حال اس آتش فشاں کا ہے۔ وہ ساری دنیا کی تپش اور ہیجان کا مخزن ہے۔ پتھر کے اس سخت خول کے نیچے نہ معلوم آگ کی کتنی بھٹیاں دہک رہی ہیں اور گندھک کے کتنے چشمے پیچ و تاب کھا رہے ہیں۔ کون کہہ سکتا ہے کہ دھوئیں کی یہ چھینی بنی چادر آگ کے کتنے بڑے ذخیرے سے نکل رہی ہے۔ مگر جوں جوں یہ خدشہ بڑھتا جاتا ہے کہ عورت کے سینے میں وحشت امنڈ رہی ہے، میری محبت شدید تر ہوتی جاتی ہے۔ میں کانپتے ہوئے دل سے اس کا انتظار کرتا ہوں، جب اس زمین میں زلزلہ آئے گا اور یہ بجلی میرے سر پر ٹوٹ پڑے گی۔ بس اسی طرح اس زرخیز زمین سے نفع حاصل کرتے ہوئے میں تباہی کے اس پرچم کو دیکھتا رہتا ہوں جو دھوئیں کی شکل میں ہوا میں اڑ رہا ہے۔

سہراب: دوستو، جس دن اس جوالا مکھی پر پہلے پہل نظر پڑی، اسی رات کو میں نے ایک دلچسپ خواب دیکھا۔ میں اسے بھول چکا تھا مگر آپ کی باتوں نے اس کی یاد تازہ کر دی۔ میں نے دیکھا کہ کسان اپنے کھیتوں کو صاف کرنا چاہتے ہیں، مگر ان کے نیچے دبی ہوئی ہڈیوں سے ٹکرا ٹکرا کر ہل بیکار ہو جاتے ہیں۔ یہ دیکھ کر انہوں نے ہڈیوں کو یکجا کرنا شروع کیا حتٰی کہ ان کا ایک انبار لگ گیا۔ انبار اونچا ہوتا گیا اور بالآخر یہ پہاڑ بن گیا۔ دھوپ اور بارش میں یہ ہڈیاں پستی گئیں اور ان میں پوشیدہ آتش

انتقام بوند بوند کر کے تہہ میں جمع ہوتی گئی۔ وقت اس آگ میں ایندھن کا کام کرتا گیا اور رفتہ رفتہ دھوئیں کی چادر زیادہ اور گہری ہو گئی۔ معلوم نہیں کیوں کر میں اس پہاڑ کے اندر پہنچ گیا۔ کیا دیکھتا ہوں کہ خون کے پرنالے کھول رہے ہیں۔ آنسوؤں کا سیلاب بہہ رہا ہے مگر اس میں اس بلا کی حدت ہے کہ چٹانیں پارے کی طرح عرق عرق ہوئی جارہی ہیں۔ صدہا سال کے انسانوں کے پنجر ایک دوسرے سے لپٹے پڑے ہیں اور تپش انہیں لاوے کی شکل میں تبدیل کرتی جاتی ہے۔ آپ اندازہ نہیں کر سکتے کہ جب ان خولوں میں جہاں زندہ انسان کی آنکھیں ہوتی ہیں، آگ کے دولرزتے ہوئے شعلے گھس جاتے تھے تو کیا کیفیت ہوتی تھی۔ ان پسلیوں میں جہاں گوشت ہوتا ہے جلتے ہوئے سنگ ریزے چمکنے لگتے تھے۔ تو میرا کیا حال ہوتا تھا اور میں تفصیل میں جانا نہیں چاہتا مگر یہ کہنے سے نہ چوکوں گا کہ عورتوں کے پنجر صاف پہچانے جاتے تھے کیونکہ وہ جہنم بہ داماں تھے گویا دمدار ستارے کی دم کا ایک ایک بال جل رہا ہو۔ یہ تو تھا مگر سب سے زیادہ حیرت انگیز منظر اور ہی تھا۔

سب: وہ کیا؟

سہراب: وہ یہ کہ ایک شخص لوہے کی لمبی چھڑ سے اس آگ کو کرید رہا ہے جن چٹانوں تک آگ نہ پہنچتی، انہیں مشعل دکھاتا اور جن میں آگ دمک رہی ہے انہیں ایندھن دیتا ہے۔ پہلے تو میں سمجھا کہ یہ منکر نکیر کے قسم کی چیز ہوگی مگر میرا قیاس غلط تھا۔

نو دولتا: پھر کیا یہ انسان تھا؟

سہراب: ہاں یہ انسان تھا۔ یہ ابدی انسان تھا جسے مظلومیت نے پیدا کیا تھا اور

جواب انتقام کی چھڑی سے انسانیت کی آگ کو کرید رہا تھا۔ میں نے اس سے پوچھا کہ تو یہاں کیوں ہے، یہ خون کیسا ہے، یہ ہڈیاں کس کی ہیں؟ اور اس کا جواب دراصل وحشت انگیز تھا!

(سننے والوں کے چہرے فق ہیں۔ کسانوں اور گڈریوں کے کان کھڑے ہو گئے ہیں۔ اندھیرا بڑھتا جاتا ہے اور تاڑ کے درخت پر بیٹھا ہوا ایک الو اپنے مہیب نغموں سے شب کا خیر مقدم کر رہا ہے۔)

رنبیر: اس نے کیا کہا؟ واقعی، یہ خواب اتنا دلچسپ ہے کہ اس پر یقین کرنے کو جی چاہتا ہے۔

سہراب: جب وہ میری طرف متوجہ ہوا تو اس کی چھڑی ایک پنجر کی کھوپڑی میں پیوست تھی، جو کسی کونے میں دبک گیا تھا۔ یہ کھوپڑی ہنس رہی تھی، نہ جانے زندگی پر یا موت پر۔ جب وہ پیکر مظلومیت میری طرف دیکھنے لگا تو محسوس ہوا کہ میں نے اسے ایک نہیں ہزار بار دیکھا ہے۔ میں نے اسے سڑکوں پر روٹی کے ایک ایک ٹکڑے کے لئے کتوں سے لڑتے دیکھا ہے۔ میں نے اسے مسجد کی سیڑھیوں پر ایک ایک پیسے کے لئے نمازیوں کے آگے سجدے کرتے دیکھا ہے۔ میں نے کارخانوں میں مشین کو اس پر ہنستے دیکھا ہے۔ اس وقت جب مزدور بے خبری کے عالم میں شام کی روٹیوں کے تصور میں مگن ہوتا ہے اور ایک تیز پرزہ قہقہہ مار کر اس کے ہاتھوں پر گرتا ہے ایک لمحہ اپنی بے بصر آنکھوں سے اس کے کرب، الم کو دیکھتا ہے، پھر اوجھل ہو کر اس کے جسم کے دوسرے حصے پر گرتا ہے اور میں نے اس ابدی مظلوم کو چند ٹکوں کے لئے متاع نسوانیت بیچتے دیکھا ہے۔

میں اسے اچھی طرح پہچانتا تھا، اتنی اچھی طرح کہ مجھے اسے دیکھ کر ڈر معلوم ہونے لگا۔ اس نے کہا یہ انسانوں کا خون ہے جسے مٹی پی گئی تھی، اور اب اسے اگل رہی ہے۔ مجھے معلوم نہیں کہ یہ زندہ انسانوں کے پنجر ہیں۔ یا مردہ کے ہیں۔ انہیں آگ میں جھونکتا ہوں کہ "اس میں تپ کر اپنا امتحان کر لیں۔ انہیں تباہی کا پیغام پہنچانا ہے۔ ان محلوں اور ایوانوں میں جہاں جا کر ہوا بھی ہچکی لینے لگی ہے اور جب تمام دنیا ریگستان ہو جائے تو انہیں اس مندر میں ایک نئی دنیا کا گیت گانا ہے۔

دوستو میں نے فلسفہ کے کوچۂ خار زار میں ایک عمر جھک ماری ہے۔

لیکن سچ کہتا ہوں کہ یہ فلسفہ اس قدر انوکھا تھا کہ میں چیخ کر اٹھ بیٹھا اور میں نے دیکھا کہ لمپ کسی طرح فرش پر الٹ گیا ہے۔ اس کے دھوئیں سے کمرہ بھر گیا ہے، اخباروں کے انبار میں آگ سلگ رہی ہے اور میرا نوکر لوہے کہ پچکاری سے مجھ پر پانی انڈیل رہا ہے۔

(کسی کے چہرے پر مسکراہٹ نہیں ہے۔ سب خاموش ہیں)

عورت: اف اوہ، سہراب، تم نے کیسا بھیانک خواب سنایا۔ تمہاری عادت ہے کہ دونوں وقت ملتے اسی قسم کے منحوس واقعات سنایا کرتے ہو۔ توبہ میرا دل دھڑکنے لگا۔

نودولتا: سہراب، اس خواب کی تعبیر پر بھی تم نے غور کیا؟

سہراب: کوئی وجہ نہ تھی جو میں ان مہملات پر غور کرتا۔ روح و مادہ کے تنازع سے مجھے اتنی فرصت کہا کہ انسان اور اس کی لوہے کی چھڑ پر سر کھپاؤں۔ البتہ کسی کتاب میں میں نے ایسے ہی ایک خواب کا ذکر پڑھا ہے۔ زمانۂ قدیم میں کوہ آتش

فشاں دسیودس کے نواح کے ایک غلام نے خواب دیکھا کہ ایسا زلزلہ آیا کہ تمام مکان گر گئے، شہر تباہ ہو گئے اور ہر طرف بربادی پھیل گئی۔ مگر اس کی تعبیر یہ تھی کہ غلاموں نے اپنے آقاؤں کے خلاف بغاوت کر دی۔ ان کی ملکیت پر قبضہ کر لیا اور الٹے انہیں اپنی خدمت کے لئے مجبور کر دیا۔ سو اتفاق کہ خواب دیکھنے والا ان غلاموں کا سردار تھا۔

(کوہ آتش فشاں ایک پر اسرار ہیولے کی طرح جلد جلد سانس لے رہا ہے۔ عورت زندگی کی لکیر کی طرح کف خاک پر لیٹ گئی ہے)

سہراب: اب اندھیرا ہو رہا ہے اور شفق کے دامن کا آخری چھور، جو تپتے ہوئے لوہے کی طرح سرخ ہے، گویا اس سیال سے رنگا گیا ہے جو ابھی پوری طرح خون نہیں بنا ہے۔ اس سرخی کے پس منظر اور کہر کے نقاب کے درمیان پہاڑ کتنا عجیب معلوم ہو رہا ہے۔ اس کے دراز قد پر ابھرے ہوئے دونوں سرے گویا گھن کے دو پھل ہیں اور ان دونوں کے بیچ میں ایک منحوس ستارہ آنکھ کے اشارے سے دنیا کو اپنی طرف بلا رہا ہے۔ یوں سمجھو کہ سرخ کاغذ پر کسی نے سیاہ لفظوں کا یہ خاکہ بنا دیا ہے۔

عورت: ذرا تم زمین سے کان لگا کر سنو کہ یہ پہاڑ دنیا کے ایک سرے سے دوسرے سرے تک کیا پیغام بھیج رہا ہے۔ یہ محسوس ہوتا ہے کہ زمین دل ہی دل میں کچھ بڑبڑا رہی ہے۔ کبھی یہ آواز مرد کے دل کی دھڑکن کی طرح دھیمی ہو جاتی ہے، کبھی عورت کے دل کی طرح مضطرب ہو کر زور زور سے صدا دینے لگتی ہے۔ اپنے محبوب کا ہاتھ لگتے ہی میرے جسم میں جس قسم کی سنسنی دوڑ جاتی ہے۔ وہی

سنسنی میں زمین کے اندر محسوس کر رہی ہوں اور پہلے بوسہ کے وقت سانس جتنا تیز و تند ہو جاتا ہے اس کی صدائے بازگشت میں بخوبی سن سکتی ہوں۔ رنبیر ذرا تم بھی کان لگا کر سنو کہ یہ کیا ہو رہا ہے؟

رنبیر: مجھے تو کچھ نہیں سنائی دیتا۔ کبھی کبھی میرا جی چاہتا ہے کہ ان الفاظ اور صداؤں کو سنوں جن سے زمین کی خاموشی بنتی ہے۔ اس کوہ آتش فشاں کی چٹانوں پر لیٹ کر میں نے اس آواز کو سننے کی کوشش کی ہے، جو زلزلوں کی نقیب ہوتی ہے، مگر زمین کو میں نے ہمیشہ کسانوں کی طرح بے زبان پایا ہے۔ پرانے لوگوں کا بیان ہے کہ ایک بار اس پہاڑ نے کچھ بولنے کی آرزو ظاہر کی تھی، مگر مجھے اس قصہ پر یقین نہ آیا۔

نودولتا: وہ کب اور کیسے؟

رنبیر: کسی زمانے میں یہ سارا علاقہ ایک بڑے نواب کے قبضہ میں تھا جو نگر پار کہیں رہتا تھا۔ ایک مرتبہ ایسا قحط پڑا کہ دور دور تک کہیں کچھ پیدا نہ ہوا۔ برسوں زمین پیاسی رہی اور بھوک پیاس سے ہزاروں لاکھوں غریب مر گئے۔ ماؤں نے مامتا سے منہ موڑ کر بچوں کو بیچ دیا اور جوان بوڑھوں کو کھا گئے۔

پہلے تو کسانوں نے قرض لے کر اور اپنا اثاثہ بیچ کر لگان ادا کیا مگر تابہ کے؟ ایک دن ایسا آیا کسی کے پاس کچھ نہ رہا۔ نواب کے کارندوں نے انہیں جھونپڑیوں سے نکال دیا اور وہ آسمان کے نیچے آکر بیٹھ گئے۔

اتنے میں انہوں نے سنا کہ نواب اپنی رعایا کا حال دیکھنے کے لئے آرہا ہے۔ یہ سن کر وہ مطلق خوش نہ ہوئے کیونکہ نواب کو ان کے دکھ سکھ کی پروانہ تھی، ہر

دوسرے تیسرے سال وہ اسی طرح حسین لڑکیوں کی تلاش میں نکلا کرتا تھا۔

جب وہ نواب اس قطار کا معائنہ کرنے لگا جس میں کارندوں نے فاقہ زدہ عورتوں کو کھڑا کر دیا تھا، تو اس کی نظر ایک لڑکی پر پڑی جو ڈر کے مارے اس پہاڑ کی ایک کھوہ میں چھپ گئی تھی۔ نواب کے آدمی اسے پکڑنے کے لئے دوڑے اور وہ ان سے بچنے کے لئے چٹانوں پر دوڑنے لگی۔ یکایک اس کے پیر ڈگمگائے اور وہ ایک عمیق غار میں گر پڑی۔ کہتے ہیں کہ اسی وقت یہ زمین لرزنے لگی، ایک ہیبت ناک آواز سے فضا گونج اٹھی اور جب یہ پہاڑ پھٹا تو اس کے ابلتے ہوئے چشموں میں ہستی گم ہو گئی۔ آقا اور غلام، کسان اور زمیندار کی کوئی تفریق نہ رہی، ہر طرف بربادی کے پھریرے اڑنے لگے، جب سناٹا ہوا تو زمین نے دیکھا کہ انسان کی تہذیب اونچے اونچے محلوں کے نیچے اور اس کی زندگی تنگ و تاریک جھونپڑیوں کے نیچے مدفون ہے اس کے باوجود۔

نو دولتا: (چلا کر) دیکھو دیکھو، اس کے دہانے پر یک بیک یہ مشعل سی کیسی جل رہی ہے اور اس کا دھواں سارے آسمان پر چھا گیا ہے۔

عورت: اور یہ زمین آپ ہی آپ گرم کیوں کر ہو گئی؟

رنبیر: ہم سب کو بھاگنا چاہیئے۔ زمین میں رہ رہ کر خفیف سی حرکت ہو رہی ہے اور اس کی تہہ میں بیٹھ کر جیسے کوئی کراہ رہا ہے۔

(سب میدان کی طرف بھاگتے ہیں۔ زمین زور زور سے ہل رہی ہے۔ آتش فشاں کی چوٹی پر بجلیاں سی کوندر ہی ہیں، دھواں زہر آلود ہو رہا ہے جس میں سانس لینے میں تکلیف ہونے لگی ہے۔ زمین کے اندر جیسے توپیں چل رہی ہیں۔ آبادی کی

طرف سے شور و غوغا کی صدا آ رہی ہے جو لمحہ بہ لمحہ بڑھتی جاتی ہے۔)

سہراب: اب ہمیں ذرا دیر ٹھہر جانا چاہیئے کیونکہ میرا سانس رک رہا ہے۔

(سب بیدم ہو کر گر پڑتے ہیں)

نو دولتا: یہ کیا غضب ہو رہا ہے! شہر کے لوگ بجائے اس کے کہ جان کی امان کے لئے میدان کی طرف بھاگیں مشعلیں لئے ہماری حویلیوں کی طرف جا رہے ہیں، ماتم اور کہرام کے بجائے مسرت کے ترانے گا رہے ہیں۔ آخر یہ ہو کیا رہا ہے؟

سہراب: عقل کے اندھو! اب بھی نہیں سمجھے کہ کیا ہو رہا ہے! یہ زلزلہ ہے زلزلہ! جب زور کا جھٹکا آئے گا تو یہ جھونپڑیاں اور حویلیاں سب گر پڑیں گی، اور ان کے نیچے غربت اور امارت دونوں دفن ہو جائیں گی۔ پھر بہت دنوں زمیں سورج کے ارد گرد گھومے گی، تب کہیں آفرینش کی نئی سوت پھوٹے گی۔

رنبیر: یہ مصیبت قیامت سے کیا کم ہے۔ آتش فشاں کے پرخچے ہوا میں اڑنے لگے ہیں۔ ہمارے مکان جس ٹیلے پر تھے، وہاں اب آگ کے شعلے اڑ رہے ہیں یا تو اس پہاڑ کا ایک دھکتا ہوا پتھر ان پر گر پڑا ہے اور یا بھک منگوں نے انہیں آگ کے سپرد کر دیا۔

(زمین، آسمان اور تحت الثریٰ۔ ہر طرف شور بپا ہے کہ کان پڑی آواز نہیں سنائی دیتی۔ گھٹا ٹوپ اندھیرا چھا گیا ہے، آسمان پر دل بادل امنڈ آئے ہیں اور اندھیرا گھپ ہو گیا ہے۔ صرف آتش و برق کی لپک ایک آن کے لئے اجالا کر دیتی ہے۔ ہوا بہت تیز ہو گئی ہے)

سہراب: اب بھاگنا لا حاصل ہے موت سے کہیں نجات نہیں مل سکتی؟ آؤ

یہیں بیٹھ کر اس ساعت کا انتظار کریں جب زندگی خیر باد کہے گی۔ زیادہ دیر نہیں ہے کیونکہ پہاڑ ایڑی سے چوٹی تک سلگ رہا ہے اور اس کی روشنی میں پگھلے ہوئے سنگ ریزوں کے وہ چشمے صاف نظر آ رہے ہیں جو حسین اژدہوں کی طرح دھیرے دھیرے ہماری طرف رینگ رہے ہیں۔ تم ہوا کی زبان نہیں سمجھ سکتے۔ وہ کہہ رہی ہے کہ زمانہ بدل رہا ہے۔ جب سب کچھ مٹ جائے گا تو یہ عورت اپنی قبر سے اٹھے گی اور آسمان پر جو اکیلا ستارہ رقص کرتا رہے گا وہ نئی زندگی کے راز اسے بتا دے گا۔ پھر ایک نیا انسان پیدا ہو گا جو حدیث حیات کے نئے باب کا آغاز کرے گا۔

جینا نام ہے کھونے اور پانے کا۔ جب ہم نے اس دنیا سے بہت کچھ لیا، تو اسے واپس لوٹاتے ہوئے کیوں دلگیر ہوں۔ آؤ اب مرتے مرتے ہم اس زمین کو آخری سلام کر لیں۔

(سب پاگلوں کی طرح ایک دوسرے کو گھور رہے ہیں۔ گہرے اندھیرے میں آگ کے پرتو نے ہلکی سی چاندنی پھیلا دی ہے لاوے کے چشمے بڑھتے آتے ہیں، زلزلہ کی شدت تیز ہوتی جاتی ہے۔)

***

۴

میرا گھر

وہ گھر، جو گویا ملک کا پڑپوتا تھا۔ صوبے کے بیٹے شہر کے چھوکرے محلہ کا لڑکا۔۔۔ وہ بہت بڑا تھا۔ یہ نہ میرا گھر تھا نہ میرے باپ کا۔ بلکہ ایک سیٹھ کا مکان تھا، اس میں بہت سے کمرے تھے جس طرح مکڑی کے جالے میں بہت سے خانے ہوتے ہیں، بہت سے لوگ مکھیوں کی طرح ان کمروں میں رہتے تھے۔ ایک منزل دوسری منزل کے اوپر اس طرح چڑھتی چلی گئی تھی جس طرح ایک آسمان دوسرے آسمان پر رکھا ہو اور چوتھی منزل پر وہ سیٹھ عیسیٰ مسیح کی طرح رہا کرتا تھا۔

یہ گھر بین القومیت کا چھوٹا سا نمونہ تھا۔ وہ انقلابیوں اور صوفیوں کے خواب کی تعبیر تھا۔ اس میں ہندو، مسلمان، غریب امیر سب رہتے تھے، صدر پھاٹک کے نیچے کے سائبان میں قلی اور فقیر دربان کو ایک ایک پیسہ دے کر سوتے تھے۔ آنگن میں گاڑی بان تاڑی پیتے، جوا کھیلتے اور قوالی گاتے تھے۔ سیڑھی سے چڑھتے تو بائیں بازو پر حجاموں کی ٹولی تھی، اس کے مقابل بھٹیاروں کی دکانیں، ادنیٰ طبقہ کی آبادی یہاں ختم ہو جاتی تھی، اوپر کی منزل میں دفتر کے کلرک اور چھوٹے چھوٹے دکان دار رہتے تھے۔ ایک کمرے میں کوئی بین کھاتہ بناتا تھا تو اوپر کوئی کھڑاؤں رنگتا تھا،

کہیں کوئی تالوں کی مرمت کا کام کرتا تھا۔ انہیں میں سے ایک کمرے میں میرا گھر تھا۔

جب میں رات کو تھکا ماندہ آتا اور اپنے بستر پر دراز ہو جاتا تھا تو میرے خیر مقدم میں ہر طرف ریڈیو، ہارمونیم اور گراموفون بجنے لگتے تھے۔ یہ سب باہم متفق ہو کر اونچے سروں میں قوالی گاتے تھے اور ان سب کو شہہ دینے کے لئے سامنے کے گھر سے مارواڑی عورتیں "ہمیر راڑان جگ جبڑوں" کا ترانہ الاپنے لگتی تھیں۔ ہمارے مکان کے آئین میں کچھ کابلی سود خوار بھی رہتے تھے۔ جو رات کے وقت بآواز بلند عالم خاں کے گیت گایا کرتے تھے۔ ان سب کو دبا کر گاڑی بانوں کی فلک شگاف صدا "کالی کملی والا" ڈونگڑے کی طرح برس پڑتی تھی۔ میرا دماغ نغموں کے اس سیلاب میں بہہ جاتا تھا۔ اس کا ایک حصہ دھرپد کے ساتھ ناچنے لگتا تھا تو دوسرا کھماچ پر سر دھنتا تھا اور جب بازو کی مسجد کا موذن ببانگ دہل خدا کے واحد و اکبر ہونے کا اعلان کرتا تو میرا جی بے اختیار مچل اٹھتا کہ فرش پر سر دے ماروں اور اپنے پیدا کرنے والے کی خدمت میں شکریہ کا مخلصانہ ہدیہ پیش کر دوں۔

جب میری پلکیں آپ اپنے بوجھ کے نیچے دب کر بند ہو جاتی تھیں تو گویا میں سو جاتا تھا۔ تاہم عالم خواب میں میں اکثر اپنے کو پیار و قوال سے کشتی لڑتے ہوئے پاتا اور اس مڈبھیڑ کا نتیجہ ہمیشہ یہ ہوتا تھا کہ میں کسی موٹر کے نیچے دب کر مر جاتا تھا۔

گلے سے چیخ کا نکلنا، آنکھوں کا کھٹ سے کھل جانا، سورج کی کرن کا جھک کر سلام کرنا!

میں ہڑبڑا کر برآمدے کی طرف بھاگتا تھا، صبح صبح رنگریز نے آنگن میں بھٹی

چڑھادی ہے جس کا دھواں عزرائیل کے سانس کی طرح زہر آلود ہے۔ ہر جاندار اپنی اپنی بولی میں حمد گا رہا ہے۔ کتا بھونک رہا ہے، گدھا رینک رہا ہے، گرجا گھر کا گھنٹہ ٹناٹن بج رہا ہے۔

بیت الخلا کے آگے حاجت مند کا انبوہ، غسل خانے کے آگے نہانے والوں کی قطار، کالے کالے، توندل جسموں کی بھیڑ بھانت بھانت کے پسینوں کا آپس میں مل کر طرح طرح کی کھنکھاروں کے ساتھ میل کے تودوں میں مل کر نہانے کی چوکیوں پر جمع ہو جانا۔

جمعہ کا دن خاص طور پر قیامت کی ریہرسل بن کر آتا تھا، آج مالک مکان فقیروں کو ایک دھیلا بانٹتا تھا۔ کوڑوں کی آواز۔۔۔ دربان فقیروں کو ایک قطار میں کھڑا کر رہے ہیں۔ دعاؤں کی آواز۔۔۔ فقیر ایک دھیلا لے کر انہیں دعائیں دے رہے ہیں! جوان بھکارنیوں کا شور۔۔۔ دربان انہیں ستارہے ہیں۔

میں جو کاہلی اور آلکسی میں اپنا ثانی نہ رکھتا تھا، ان تمام مصائب کے باوجود اس ماحول میں ایک لذت محسوس کرنے لگا تھا۔ انسان کو سڑ سڑ کر مرتے ہوئے اور بوقت نزع سورۂ یٰسین سنتے ہوئے دیکھنے میں نہ جانے آپ کو لطف آتا ہے یا نہیں۔ میرے لئے تو اس صورت حال میں بڑی کشش تھی اور اسی وجہ سے میں وہاں سے ٹلنے کا نام نہ لیتا تھا۔

مگر میرے قدیم نیاز مند پٹواری اور مقامی بھٹیارے کو سخت حیرت اور تشویش ہوئی جب ایک روز انہوں نے ایک چھکڑے پر مجھے اپنے مختصر سامان کے ساتھ سوار پایا یہ نظارہ ان کے وہم و گمان میں بھی ان کی آنکھوں میں نہ سما سکتا تھا۔

لیکن پچھلے دن ایک ساتھ دو ایسے حادثے پیش آئے جنہوں نے میری روح کو چونکا دیا۔ یہ واقعہ ہے کہ اس روز پہلی مرتبہ مجھے اپنی روح کے وجود کا احساس ہوا۔ یہ بے چاری اب تک میرے معدے میں سوہضم کی وجہ سے سوئی ہوئی تھی۔

جاڑے کے دن تھے اور صبح کا وقت۔ میں کپڑے پہن کر۔۔۔ اور بعد ازاں دفتر اور سر راہ گپ شپ کے ارادے سے پھاٹک سے نکلنا ہی چاہتا تھا کہ میری نظر چبوترے کے کونے پر پڑی چادر میں لپٹا ہوا کوئی انسان بہت ہی دھیمی آواز میں کراہ رہا تھا۔ میں ٹھٹک گیا کیونکہ یہ ایک بوڑھی عورت کا جسم تھا جو اس انتہائی بے بسی میں دم توڑ رہی تھی۔ پیپ اور تھوک میں سنی ہوئی یہ نیم جاں لاش پانی کے ایک قطرے کے لئے تڑپ رہی تھی۔ اس سے چار قدم کے فاصلے پر دربان ایک حجام سے ہنس ہنس کر باتیں کر رہا تھا۔ آنے جانے والوں کا تانتا لگا ہوا تھا۔ سب اس بڑھیا کو ایک نظر دیکھتے اور گھن کے مارے اپنی داڑھیوں کو رومال میں چھپا کر اپنی راہ چلے جاتے تھے۔

میں عفونت میں لتھڑی ہوئی اس چٹائی پر بیٹھ گیا۔ ایک لمحہ کے اندر میں نے انسانیت کی تاریخ کا پورا مرقع دیکھا۔ اس بوڑھی عورت کی طرح قسمت کی لکڑی ہاتھ میں لئے اور مظلومیت کی پٹی آنکھ پر باندھے یہ مجروح اور شکستہ پا انسانیت زندگی کے راستے پر "پانی پانی" پکارتی ہوئی پڑی تھی۔ بادشاہ اور عالموں کا جلوس زرق برق کفنوں میں لپٹا ہوا اس کی طرف حقارت سے گھورتا اور گویا اپنے چہرے کے جذام کو اخلاق کے رومال میں چھپا کر دوسری طرف دیکھے ہوئے گزر رہا تھا۔

اسی دن کا ذکر ہے دل بہلانے کے لئے میں ہوٹل سے سیدھا تھیٹر چلا گیا۔

جب لوٹا تو رات کے دو بج چکے تھے۔ ہر طرف سناٹا تھا۔ ہمارے گھر کے آنگن اور دالان میں غریب خراٹے بھر رہے تھے۔ بیچ بیچ میں کتے اپنی کرخت آواز میں آسمان اور زمین والوں کے تعلق پر ایک طائرانہ نظر ڈال کر پھر چپ ہو جاتے تھے۔

میں سیڑھی پر چڑھ ہی رہا تھا کہ نیچے کی ایک چھپی ہوئی کوٹھری سے کئی مردوں کی بھنبھناہٹ اور ایک عورت کی دبی ہوئی چیخ سنائی دی۔ میں کھٹکا، دبے پاؤں نیچے اترا اور اس کوٹھری کے دروازے کے قریب جا کر ایک پٹ کی دراز سے اندر جھانکنے لگا۔ دروازہ بند تھا، بجلی کی روشنی گل کر کے ایک موم بتی جلا دی گئی تھی۔

اس کی مدھم جوت میں میں نے جو کچھ دیکھا وہ بہت اندوہناک تھا۔ ایک ننگی عورت کسی مرد کے ساتھ کھاٹ پر پڑی ہوئی تھی اور کئی مرد حریص گدھوں کی طرح یہ تماشا دیکھ رہے تھے اور اپنی باری کا انتظار کر رہے تھے۔ وہ عورت کبھی درد کی شدت سے چیخ اٹھتی تھی اور کبھی محظوظ ہو کر قہقہہ لگاتی تھی۔

اس شب کو میں نے خواب دیکھا کہ دنیا عورت ہے، روپیہ مرد ہے اور یہ مرد اس عورت سے زبردستی زنا کر رہا ہے۔

صبح میں نے اپنی گرد آلود کتابوں، ٹوٹے ہوئے برتنوں اور پھٹے ہوئے کپڑوں کو ایک گاڑی پر لادا اور آ کر اس جھونپڑی میں رہنے لگا جو زندگی کے شور و شر سے بہت دور اور قبر سے زیادہ ساکن ہے!

***

۵

وہ دونوں

اندھیرے میں کچھ مردے چپ چاپ بیٹھے ہوئے تھے۔ اوپر موت کی ہلکی ہلکی تاریکی نور کی چٹانوں میں جم رہی تھی اور نیچے زندگی موریوں میں پگھل رہی تھی۔

ان میں سے ایک نے کہا، "آؤ اب ہم اس دنیا کی باتیں کریں جسے ہم ہمیشہ کے لئے چھوڑ آئے ہیں۔ دیکھو، مٹی کی بوباس کتنی تیز ہے کہ اب تک وہ ہم میں بسی ہوئی ہے اور اس کی ہر موج کے ساتھ زندگی کا کوئی بھولا ہوا واقعہ ہمیں چونکا دیتا ہے۔"

دوسرے نے روشنی کا ایک گھونٹ پی کر جواب دیا، "وہ زندگی میرے لئے ایک ایسی لکیر ہے جسے کسی نے یک بیک مٹا دیا ہو۔ سوچ بھی نہیں سکتا کہ میں کیوں زندہ تھا۔ کہاں رہا اور کیا کرتا رہا۔"

"لیکن میرے کانوں میں اب بھی ایک مہیب آواز گونجا کرتی ہے، صبح سے شام تک روپیہ گننے میں میں نے اپنی عمر گنوا دی اور مجھے اتنی فرصت نہ ملی کہ کبھی آنکھ اٹھا کر اپنے گرد و پیش دیکھتا۔ تن تنہا ایک بڑی سی حویلی میں بیٹھ کر رنگ برنگے پتھروں کو انگلیوں سے چھوتا رہا اور جس طرح ان میں زندہ رہا، اسی طرح ان میں مر

بھی گیا۔ صرف ایک مرتبہ میں نے اپنے باغ میں جھانک کر دیکھا تھا۔ خزاں کا موسم آچکا تھا اور پیڑ پودے جھلس کر سوئے ہوئے تھے۔ لیکن ایک جوان لڑکی گاتی ہوئی انہیں پانی دے رہی تھی اور یہ معلوم ہوتا تھا کہ یہ اجڑا ہوا چمن ابھی شاداب ہو جائے گا اور اس کی ہوائیں نئی کونپلوں پر ناچنے لگیں گی۔

میرے ہاتھوں سے وہ جواہرات گر پڑے۔ میں نے دیکھا کہ میری زندگی کی پت جھڑ آگئی ہے اور اگر زور سے لو چلی تو یہ ابھی گر پڑے گی۔

میں ہر روز اس مالن کی آمد کا انتظار کرنے لگا اور کھڑکی پر بیٹھ کر اس باغ کو دیکھنے لگا۔ رفتہ رفتہ اس کے پیڑ ہرے ہونے لگے، ایک دو پھول یہاں وہاں سے نکلے اور انہوں نے شرماتے شرماتے اپنے نئے گھر کو کن انکھیوں سے دیکھا۔

تنہائی کا یہ احساس میری جان کا لاگو ہو گیا۔ میرے جسم اور میری روح سے کسی کو کوئی تعلق نہ رہا تھا اور یہ خیال کہ ان بے جان پتھروں کے سوا مجھے کوئی نہ پوچھے گا۔ میرے لئے انتہائی اندوہ ناک تھا جب میں مر جاؤں گا تو اس زندگی سے مجھے کوئی تعلق نہ رہے گا۔ کوئی ایسا نہ ہو گا جو میری لاش کو آواز دے اور پکار کر کہے کہ نہیں اس مردے کو مجھے واپس دے دو اور میں بھی موت کے مالک سے یہ نہ کہہ سکوں گا کہ ہاں ابھی ایک بندھن باقی ہے۔ زندگی سے مجھے کچھ لینا ہے۔ دنیا کے بازار میں میں بالکل دیوالیہ نہیں ہوں۔

میں یہ سوچ ہی رہا تھا کہ وہی مالن ہنستی اور گاتی ہوئی باغ میں آئی اس نے شرارت سے ایک پھول کے گال پر چپت رسید کی اور ایک نئی ٹہنی کو محبت کے مارے گلے لگا لیا۔

میں باہر بھاگا۔ میری ایک مٹھی میں تجوری کی چابی تھی، اور دوسری میں جواہرات۔ میں نے یہ سب اس کے قدموں پر ڈال دیئے اور عاجزی سے کہا، "یہ سب لے کر صرف زبان سے کہہ دے کہ میں تجھ سے محبت کر سکتی ہوں، پھر یہ سب کچھ تیرا ہے۔"

اس نے حیرانی سے میرے سفید بالوں اور کانپتے ہوئے ہاتھوں کو دیکھا اور پھر حقارت سے پتھر کے ان ٹکڑوں پر نظر ڈالی اور یہ کہتی ہوئی چلی گئی، "میرا کام سوکھے ڈنڈ کی جڑ میں پانی دینا نہیں ہے۔"

اور جب میں مر گیا تو وہ ساری دولت دنیا کے ہاتھ لگی اور میری تشنہ کام روح اس وقت اجالے میں آئی جب اندھی ہو چکی تھی۔ جب وہ خاموش ہوا تو بہت سے مردے آہستہ سے بولے، "ہاں دنیا ہمارے لئے بھی ایسی ہی تھی۔ ہم نے یہ نہیں سوچا کہ زندگی کا لطف بہت سی حسین لغزشوں میں مضمر ہے۔ محبت کو ہم نے ڈرتے ڈرتے چھو کر دیکھا تھا۔ وہ نرم تھی۔ ستاروں کے نغمے کی طرح اور سخت تھی، رباب کے تاروں کی طرح۔"

سرخ گھاس کے تختہ پر لیٹے لیٹے ایک مردے نے کہا۔ ہر شام کو وہ باؤلی کے کنارے میرا انتظار کرتی تھی۔ میری یہ جرات نہ ہوتی تھی کہ سڑک سے ہٹ کر اس کے پاس جاؤں اور کچھ کہوں لیکن میں جانتا تھا کہ وہ یہاں کیوں کھڑی رہتی ہے اور اسے بھی معلوم تھا کہ یہ ادھر سے کیوں گزرتا ہے۔ اور باؤلی کا پانی ایک خاموش راگنی گاتا رہتا تھا۔ ڈوبے ہوئے سورج کی کرنوں میں پیپل کے پتے چمکتے تھے اور فضا کے سناٹے میں بچپن کا بھولا پن ہوتا تھا۔

ایک روز میں نے کسی پھلواری سے بڑا سا گلاب توڑ کر اپنی جیب میں رکھ لیا اور جب اس کے قریب سے گزرا تو جھجکتے اور ڈرتے ہوئے وہ گلاب میں نے اس کے قریب پھینک دیا۔ اس نے مسکرا کر میری طرف دیکھا، گلاب کو اٹھا کر سونگھا، اپنے ہونٹوں سے لگایا اور کن انکھیوں سے مجھے دیکھ کر منہ پھیر لیا۔

کئی سال گزر گئے اور ایک دن اس نے کسی دوسرے سے شادی کر لی۔

جس دن اس کی شادی ہوئی، ایک آدمی میرے نام چھوٹا سا پارسل لئے ہوئے آیا۔ اس پر صرف اتنا لکھا ہوا تھا، "ایک گزری ہوئی شام کی یاد میں۔" جب میں نے اسے کھولا تو ایک دہکتے ہوئے گلاب کی پنکھڑیاں ہوا میں بکھر گئیں۔

"اس پامالِ خاک گل کے سوا محبت نے مجھے کچھ نہ دیا۔"

کسی کونے میں دو چاہنے والے بیٹھے ہوئے تھے سب مردوں نے اپنی پسلیوں سے سانس نکال کر آواز دی، "کچھ تم بھی اپنی کہانی سناؤ۔ تم نے الفت میں کیا مزا پایا۔"

مرد نے جواب دیا، "محبت مرد کی تخلیق ہے کیونکہ عورت منزل ہے۔ مرد رہرو ہے۔ عورت ایک معمہ ہے بوجھنے کے لئے، ایک تصویر ہے، دیکھنے کے لئے۔ بوجھنے والا اور دیکھنے والا مرد ہے۔" ایک سیارے کی ملگجی روشنی میں اس نے عورت کا منہ اوپر اٹھایا، "ذرا غور سے دیکھو اس کے بالوں میں کیا ہے۔ برگد کی سی لٹیں جس پر سیاہ رنگ پھیر دیا گیا ہو۔ ان میں یہ بل اور خم کس نے دیا۔ میرے تخیل نے۔ اور یہ آنکھ؟ اس میں یہ چمک کہاں سے آئی؟ میری محبت سے۔ اور اس کی رسیلی آواز؟ اسے میرے نغموں نے شیرینی دی۔ اس کی چال میں یہ قیامت خیزی کہاں

سے آئی؟ میری مستی سے۔ میری آرزو محبت میں رنگینی پیدا کرتی ہے اور میرا تجسس اس میں یاس و غم کی جھلک لاتا ہے۔"

مردوں نے شبہ نگاہوں سے ہر طرف دیکھا، "اور اس کا ما حصل۔" عورت نے کہا، "مگر زندگی کا ما حصل کیا ہے؟ ماضی کی یاد اور مستقبل کی تاریکی۔ زندگی وہ مسافر ہے جو موت کی سرنگ میں راہ ڈھونڈھنے نکلی ہے۔ اس کے ہاتھ میں محبت کی مشعل ہے جب مسافر تلاش سے تھک کر کہیں بیٹھ جاتا ہے تو مشعل روشنی کے بجائے دھواں دینے لگتی ہے۔ لیکن جب تک چلتے رہو وہ روشن رہتی ہے۔" مگر مردوں نے مایوسی سے سر ہلا کر پوچھا، "اور اس کی لذت "اس میں درد کے سوا کچھ نہ تھا۔ تمنا اور انتظار کا درد، کیونکہ محبت کا مزا ایک نئی ناکامی کے بعد نئی امید پیدا کرنے میں ہے، محبت پیاس کا پہلا نہیں بلکہ آخری گھونٹ ہے۔"

عورت نے مرد کی بات کاٹ کر کہا، "ممکن ہے یہ مرد کی کیفیت ہو۔ ہماری محبت کی لو صرف ایک بار سلگتی ہے اور ایک بار بجھ جانے کے بعد پھر کبھی نہیں بھڑکتی۔ پھر دھوئیں کے سوا کچھ نہیں رہتا۔"

مرد نے جواب دیا۔ "عورت دیر تک ندی کے گھاٹ پر بیٹھی رہتی ہے۔ وہ پاؤں لٹکا کر دھارے کے زور کا اندازہ لگاتی ہے۔ پھر آہستہ سے پاؤں ڈال کر نکال لیتی ہے۔ جب اسے تھاہ کا پتہ چل جاتا ہے تو وہ پانی میں تیرنے لگتی ہے۔ مگر مردِ تشنہ لب صحرائی ہے۔ وہ آنکھیں بند کر کے بھنور میں کود پڑتا ہے۔ باپ کے بعد شوہر اور شوہر کے بعد بچہ! عورت کو کھڑے رہنے کے لئے کوئی سہارا چاہیئے وہ ماں بن کر مرد کو اس کی بے پایاں آرزو کی سزا دیتی ہے۔"

مردوں نے تالی بجا کر کہا، "دیکھ لی محبت کی حقیقت یہ دونوں ایک دوسرے پر دم دیتے رہے۔ لیکن انہیں اب تک نہیں معلوم کہ ان کا مقصد کیا تھا؟"

عورت اور مرد نے کہا، "ہم نے زندگی اور موت کے بیچ ایک دیوار بنائی۔ یہ محبت کی دیوار ہے کیونکہ موت کی یک رنگی سے زندگی کو بچانے والا جذبہ محبت کا ہی ہے۔"

برگ و شجر، جان دار اور بے جان۔ جسے دیکھو زندگی کی الفت میں ڈوبا ہوا ہے۔ رفتہ رفتہ ایک ایسی دنیا کے دروازے کھلتے جاتے ہیں جس میں محبت نفرت پر حکومت کرتی ہے۔

اور کائنات کا دار و مدار محبت کی کشش میں ہے۔ سیارے ایک دوسرے کی جستجو میں سرگرداں رہتے ہیں۔ مادہ کا ہر ذرہ ایک دوسرے کی تلاش میں گردش کناں ہے۔ اس سارے سلسلہ کو ایک دوسرے سے جوڑنے والی کڑی ہماری محبت ہے۔"

"جاؤ جاؤ۔" ان مردوں نے حقارت سے کہا، "ان باتوں کے باوجود تم دونوں اسی تاریکی میں رہو گے۔ محبت تمہیں موت کے اندھیرے سے نہیں نکال سکتی۔"

یہ سن کر عورت کے لبوں پر تبسم آیا۔ اور ہر طرف اجالا ہی اجالا تھا!

***

٦

زبان بے زبانی

میں برگد کا ایک عمر رسیدہ درخت ہوں، غیر فانی اور ابدی!

نہ جانے کتنی مدت سے میں تن تنہا اور خاموش کھڑا ہوں۔ برقرار نہ بیقرار! بے زبان اور نغمہ زن! یاد نہیں کتنی مرتبہ کڑکڑاتی سردیوں میں اپنی بے برگ شاخوں سے کوہاسہ کی چادر ہٹا کر میں نے فریاد کی ہے، نہ معلوم کتنی مرتبہ آتشیں گرمیوں میں اپنی پیاسی اور حسرت بھری لاتعداد آنکھیں میں نے آسمان کی طرف اٹھائی ہیں۔ نہ معلوم کتنی مرتبہ موسم گل میں عطر بیز نسیم بہار نے میرے بے حس جسم میں سنسنی ڈال دی ہے لیکن کچھ دنوں سے میں لاغر اندام ہو رہا ہوں۔ میرے چہرے پر جھریاں پڑ گئی ہیں۔ جسمانی تاثرات سے میں بے پروا ہو گیا ہوں۔ میری پتیاں گر گئی ہیں سردیاں اور گرمیاں میرے لئے یکساں ہیں۔

لیکن بہار! اس کے تصور.ں کہ ہی ایک ایسا جادو ہے، اس کے تخیل میں ہی ایک ایسی کشش ہے کہ میری ان بے حرکت رگوں میں نئی زندگی کی بجلی دوڑنے لگتی ہے اور ساتھ ساتھ ایک اندوہگیں پشیمانی خون کی ایک ایک بوند میں گھر کر لیتی ہے۔ بہار! یہ لفظ کتنا سوگوار ہے اور کتنا جان سپار۔ جب حد نظر تک راتوں رات

لاتعداد کنول کھل جاتے تھے اور میں اپنے آپ کو پھولوں کے ایک ناپید اکنار سمندر میں کھڑا پاتا تھا تو یہ محسوس ہونے لگتا کہ جہانِ رنگ و بو میں سورج نئ شان کے ساتھ جگمگا رہا ہے۔ اس شان کے ساتھ کہ اس میں تپش نہیں، صرف چاند کی حلاوت رہ گئی ہے۔پیمانۂ دل مسرت اور احسان سے چھلنے لگتا تھا لیکن اس احساس میں اطمینان نہ ہوتا تھا۔ وہ مسرت اس روحانی سوز کو دبانہ سکتی تھی جو تمناؤں کے ساز پر ہمیشہ درد کے ترانے الاپا کرتا ہے۔ حسن و جمال کی اس جولا نگاہ میں بڑھاپا اپنی دزدیدہ نگاہیں ڈال کر یکایک مسکرادیتا تھااور میرے سکون اور اطمینان کو ایک کھٹک اڑالے جاتی تھی۔

تخیل تمناؤں کی آغوش میں پروان چڑھتا ہے۔ جب بڑھاپے کا خیال مجھے بے چین کرتا تو میں ایک جہانِ نو کی بناڈالتا۔ ایسا جہان جس میں برگد کی شاخوں میں بھی پھول لگتے ہیں، رنگا رنگ کے پھول، جن سے ٹہنیاں دلہن بن جائیں، ایک شاخ میں یاسمین دوسری میں گلاب، تیسری میں نرگس، پستی سے لے کر بلندی تک میں کل بداماں ہوتا! آہ وہ تصور کتنا روح پرور تھا؟ لیکن عہد کہن کی ان داستانوں میں کیا رکھا ہے۔ اب میں بوڑھا ہو رہا ہوں اور یہ "امر بیل"۔ لامحدود اور لازوال۔ مچلتی اور لچکتی یہ امر بیل!! اب مجھ پر محیط ہو چکی ہے۔ میں عظیم الشان اور پر وقار ہوں لیکن میری عظمت اور شوکت نے ہی مجھے اس چنچل "انیلی بیل" کے آگے بے بس کر دیا ہے۔ ایک دن یہ ننھی اور حقیر بیل میرے قدموں سے لپٹی رہتی تھی لیکن آج اس نے میرے جسم کو زنجیروں سے کس دیا ہے اور میری مغرور گردن کو خم کرنا چاہتی ہے۔

اس کی گرفت کتنی جانکاہ ہے۔ کتنی روح فرسا اور دردناک! تمنا کی طرح لادوا اور فراق کی طرح یاس انگیز، جو میرے ناتواں جسم کو پیس کر اس کی تازگی اور شگفتگی سلب کر لینا چاہتی ہے اور میں۔ حرماں نصیب اور بدبخت "میں" ماضی کی یاد میں اشکبار اور مستقبل سے خوف زدہ میں۔ اس بے حقیقت بیل کی خواہش کے آگے مائل بہ خود سپردگی نظر آتا ہوں۔

تاہم گاہے گاہے محسوس ہوتا ہے کہ اس بیل کے مس میں کوئی مقناطیسی کشش ہے جس طرح کسی باکمال کے رباب کی جھنکار خفتہ اور مردہ راگوں کو زندہ کر دیتی ہے، جس طرح موت کی ہچکیاں بھرتے ہوئے بھی سرما بہار کی رنگینیوں سے دوچار ہو کر دم بھر کے لئے جوان ہو جاتا ہے۔ ہاں اسی طرح میرے تمام جسم میں، میری ٹہنیوں میں اور میری پتیوں میں، دل کی ایک ایک دھڑکن اور نبض کی ایک ایک چپک میں اس کا مس ایک دل نواز بے دلی اور دھندلی سی تمنا پیدا کر دیتا ہے۔ اس وقت دفعتاً میں سوچنے لگتا ہوں کہ میری ٹہنیوں میں اتنی ہی لچک ہوتی جتنی اس "امر بیل" میں ہے۔ تو میں اس کی گرفت کو اور بھی مضبوط کر دیتا اور اس بوسہ کو پوری زندگی کی درازی عطا کرتا۔ لیکن الٰہی! تو نے مجھے ایسا کیوں بنایا کہ میں محبت حاصل کر سکتا ہوں، واپس نہیں کر سکتا۔ پریت کے گیت سمجھ سکتا ہوں، گا نہیں سکتا۔

جب بادۂ عشق میں سرشار ہو کر جذبات دل کو عالم آشکار کرنے کی کوشش کرتا ہوں تو یکایک مجھے اپنی بے حسی کا احساس ہونے لگتا ہے اور ارمانوں کے ہجوم پر جیسے اوس پڑ جاتی ہے۔ میری بے تابی کا صرف ایک ثبوت ہے۔ پتوں کی خاموش

جنبش! ان کی دھیمی دھیمی سرسراہٹ سوز نہانی کی سرگم ہے۔ اف اتنا تند د توانا ہو کر بھی ایک ننھی سی بیل کے آگے میں کتنا مجبور ہوں۔

بہار نسیم، گل و بلبل، آہ وزاری۔ رنگین خوابوں کا ایک میلہ! لیکن زندگی کی پت جھڑ میں بہار کی ان محفلوں کو میں کیوں یاد کرتا ہوں، ہمیشہ ہمیشہ کے لئے میری دنیا ان سے محروم ہو چکی۔ اب میں ایک دوسری دنیا میں رہتا ہوں جہاں غنچے نہیں چٹکتے، جہاں ارمانوں اور حسرتوں کے سوا کچھ نہیں۔ وہ بھی ایسی کہ ان میں کیف و سرور نہیں غم و غصہ کی ایک جھلک رہ گئی ہے۔ اب بھی اردگرد بہاراں میں زمین گل فروش بن جاتی ہے اور ذرہ ذرہ فرط انبساط میں متوالا ہو جاتا ہے۔ میرا دل بھی بھر آتا ہے لیکن اس میں محبت کا شائبہ تک نہیں ہوتا۔ دریائے حسن کے بیچوں بیچ کھڑا ہو کر بھی میں ایک لگاؤ محسوس کرتا ہوں گویا ستاروں سے مصروف گفتگو ہوں جس محفل سے میں اٹھ آیا اس میں شمول کی آرزو نہیں کرتا۔ میری تمام تر توجہات ایک دوسرے ہی جہان کی تعمیر کے لئے وقف ہوتی ہیں جس کا تخیل میرے ناسوروں کو پر چاتا رہتا ہے۔

یہ بیل فنا پر حاوی اور ابد و بقا کی ندیم ہے۔ جب میں زمین کے دامن میں لیٹ جاؤں گا تو شاید وہ جسم سے لپٹی رہے گی اور اس کی باقی ماندہ طاقت کو چوستی رہے گی۔ ایک وہ دن تھا جب اس کا بیج ابھرا تھا اور میں جوان تھا۔ میرے سڈول جسم میں مسرت کی امنگیں موجزن تھیں اور روح کا ایک ایک تار فطرت کے رباب کے ساتھ غزل خواں تھا۔ میری وسیع جڑوں کے وسط میں اس کے ننھے سے بیج نے سر نکالا۔ اس کی زرد کونپلوں نے سہارے کی التجا کی اور مایوس و ناکام مرجھانے لگیں

ہاں، اس وقت اسے گلے لگا کر مجھے کتنی خوشی ہوتی تھی۔ ایسی جیسے بچے کو گود میں لے کر باپ کو ہوتی ہے۔ ایک عرصہ تک اس کی باہیں دل میں یہی جذبہ پیدا کرتی رہیں۔ لیکن چشم بد دور رفتہ رفتہ وہ ایک نئے سانچے میں ڈھلنے لگی اور اب اسے چھونے کے بعد وہ معصومیت اور شفقت محسوس نہ ہوتی تھی۔ اس میں ایک ایسا عجیب بانکپن پیدا ہو گیا جو میری آزادی پر پھندے ڈالنے لگا میں جب کبھی کچھ سوچنا چاہتا تو اسی کی یاد آتی۔ گو کہ اس یاد میں حیا بھی تھی اور تمنا بھی۔ فرض کے ساتھ اس پر مر مٹنے کی آرزو بھی، پیاس کے ساتھ سکون تھا اور لاگ کے ساتھ ایک لگاؤ، آج جس جذبہ کی گہرائیوں تک میں پہنچ چکا ہوں۔ ان دنوں اس کی سطح کو بھی نہ دیکھ سکا تھا۔ اس انقلاب پر میں ہمیشہ تصویر حیرت بنا رہتا اور یہ حیرت بھی مسرت، نفرت، تمنا و اطمینان سے لبریز تھی۔

میرے قدموں پر ایک چھوٹا سا پتھر پڑا ہوا تھا جس پر گاؤں کی عورتیں اکثر سیندور اور چندن ملا کرتیں، کبھی یہ بھی ہوتا تھا کہ ان کی نازک انگلیاں مجھ پر سیندور کی ایک گہری لکیر کھینچ دیتیں۔ یہ بھی دیکھا کہ کوئی دوشیزہ بڑی سادگی سے میرے سنگین جسم کو اپنے سیمیں بازوؤں میں لپیٹ لیتی، نرم ہونٹوں سے میرے آہنی تنے کو بوسہ دیتی اور اس سنگ جبیں کو آنسوؤں سے نہلا کر چلی جاتی تھی۔ شاید اس سے اس کے قلب حزیں کو کچھ قرار ہو جاتا تھا لیکن مجھ پر ان کے ناز و نیاز کا مطلق اثر نہ ہوتا تھا، ہاں جب کوئی بدبخت میرے دامن کو تھام کر آنسوؤں میں ڈوبی ہوئی آواز میں کہتی، "دیوتا میری مراد کب بر آئے گی۔" تو میں بھی پسیج جاتا اور اپنے پتوں کو ہلا کر کچھ کہنا چاہتا لیکن خبر نہیں کہ میرے اشاروں کو وہ سمجھتی تھی یا

نہیں۔ میں سوچتا رہ جاتا کہ کاش بے گل و ثمر برگد نہ ہو کر میں پھولوں کا ایک پودا ہوتا۔ کم از کم اپنی ہمدردی کا اظہار تو کر سکتا۔ جب حسن کی وہ مورت مجھے چھوتی تو مرجھائے ہوئے پھول پھر کھل جاتے اور اس کے قدموں پر اشک آسا برس کر گویا میرا پیغام پہونچا دیتے، لیکن دل ہی دل میں یہ منصوبہ باندھتا رہ جاتا اور وہ چلی جاتی۔

تاہم ان کی قربت میرے جسم میں تھر تھری پیدا نہ کر سکتی تھی۔ میں از سر تا پا کانپنے لگتا تھا لیکن کبھی جب کوئی دوشیزہ میری نازک اندام بے زبان بیل کی کونپلوں کو توڑ کر مجھ پر بکھیر دیتی تو میرے دل پر چوٹ لگتی تھی لیکن جتنا غم وغصہ ہوتا اسے ظاہر نہ کر سکتا تھا۔ جمال باری سے دل ہی دل میں میں فریاد کرتا اس امید پر کہ وہ روح کی آواز کو پہچانتا ہے۔ "یارب اس عورت کو بھی اتنا ہی کرب والم نصیب ہو۔" وہ بے چاری مجھے دیوتا مان کر پھولوں کی نذر چڑھاتی اور اسے میں بددعا دیتا۔ محبت کے نشے میں میں مدہوش تھا حتی کہ عقل و خرد سے بھی واسطہ نہ رہا تھا۔ کتنی عجیب وغریب تھی وہ محبت؟ کاش کہ میں جانتا ہوتا! کاش کہ میں جانتا ہوتا!

لیکن کیا سب کچھ سمجھنے کے باوجود میں اس دام میں گرفتار ہوتا؟ گو کہ یہ بیل آج میرے جسم کے ایک ایک بند پر حاوی ہو چکی ہے تاہم اس کا مس مرے لئے کتنا ولولہ انگیز ہے۔ محبت آئینہ کی طرح شفاف ہوتی ہے۔ ہر آدمی اس میں اپنا عکس رخ دیکھتا ہے ایک بار چور چور ہو جانے کے بعد اس کے ٹکڑوں میں یکجائی ہو جائے تو ہو جائے لیکن وہ صفائی کہاں سے آئے گی؟ آئینہ میں ہمیشہ کے لئے بال پڑ جاتا ہے۔ عشق وار پر وار سہتا ہے پیہم ناکامیوں کے بعد بھی اف نہیں کرتا لیکن وہ کمال درجہ خوددار اور غیور ہوتا ہے۔ صرف ایک جھڑکی اس کی شمع زندگی کو گل کرنے

کے لئے کافی ہے۔ آج یہ بیل میری زندگی میں اتنا دخل حاصل کر چکی ہے لیکن اس کشش میں عشق کا جزو بھی نہیں، یہ بے کلی عشق کا پر تو نہیں بلکہ اس کی یادگار ہے اور بس۔

داستانِ محبت کی جب ورق گردانی کرتا ہوں تو دل میں ٹیس سی اٹھتی ہے۔ محبت سے جو امیدیں وابستہ تھیں وہ سب تشنۂ تکمیل رہیں اور اس کا سزاوار میں ہرگز نہیں۔ محسوس ہوتا ہے کہ خدا نے مجھ سے اس امر بیل سے اور مجھے دیوتا سمجھنے والی ان الھڑ نادانوں سے انصاف نہیں کیا۔ بے گناہ ہوتے ہوئے بھی ہم اپنے کسی حق سے، ایسا حق جو ناقابل بیان ہے۔ محروم کر دیئے گئے۔ جب یہ خود فریبی چٹکیاں لینے لگتی ہے تو آرزو ہوتی ہے کہ کاش میں درخت نہ ہوتا انسان ہوتا۔ ایک دائرہ میں زندگی بھی رواں دواں اور جوان ہوتی تاکہ محبت کا اظہار کر سکتا اور اس طرح بے زبان دبے قرار نہ ہوتا!

لیکن کیا قلب انسانی میرے جذبات کا احساس نہیں کر سکتا؟ کیا انسان کی محبت اتنی مختلف ہے؟ کیا اس کی فریاد کی کوئی لے ہے؟ کیا اس کی تانوں میں کوئی لے ہے؟ کیا میرے جذبات کی ترجمانی کے لئے وہ گہری سانس کافی نہیں جو طوفان کی آمد کا پتہ دیتی ہے؟ کیا انسانوں کی دنیا میں بھی محبت کا پھول اندھیرے میں کھلتا اور مرجھاتا نہیں ہے؟ کیا ان میں بھی محبت کی انتہا یہ نہیں ہے کہ گفتگو کے لئے الفاظ ناکافی ہوں اور صرف سانسوں کا اتار چڑھاؤ جہان معنی میں ارتعاش پیدا کر سکے؟ کیا ان میں بھی تمنا کے بعد پشیمانی اور فریاد کے بعد شرمساری پیدا نہیں ہوتی؟ ندی کی طرح انسان ہمیشہ گردش میں ہے اور ہم پہاڑ کی طرح اچل ہیں لیکن ہم اس

سے کہیں زیادہ عمر دراز رکھتے ہیں اور مستقل ہیں۔ انسان کی محبت ایک شمع ہے جو بجھنے کے لئے روشن ہوتی ہے۔ ہماری محبت کی مثال جگنو سے دی جاسکتی ہے جو تاعمر جلتاہے اور بعد از مرگ بھی روشن رہتاہے۔

ایک زمانہ گزرا۔ ان دنوں مجھے اس "امر بیل" کی نازبرداری سے فرصت نہ تھی۔ اول اول اس کے بوسوں میں مجھے ایک لذت محسوس ہونے لگی تھی۔ اور اس نئے جذبہ کے اسباب واثرات معلوم کرنے میں میں اتنا محو تھاکہ گردوپیش سے قطعا بے نیاز ہو گیا تھا۔ بھولے بھٹکے اپنے ماحول پر ایک آدھ نگاہ غلط انداز ڈال دیا کرتا تھا۔ جس واقعہ کا ذکر کر رہاہوں وہ آرزو پیش آتا تھااور اس سے باخبر ہوتے ہوئے بھی میں بے خبر تھا۔ تاہم نادانستہ طور پر یہ حادثہ مجھ پر ایسا گہرا نقش چھوڑ گیا کہ اسے میں آج تک نہ بھول سکا۔

جو بت میری قدم بوسی کر رہاتھا، اس کی پوجا کے لئے صدہا عورتیں آتی تھیں۔ روز کوئی پرانی پجارن غائب ہو جاتی اور اس کی جگہ لینے کے لئے کوئی نئ حسن کی دیوی آجاتی تھی۔ یہ نئ نویلی شرم کے بار سے دبی جاتی تھی۔ نرگسی آنکھیں زمین میں گڑی جاتی تھیں اور رخ پرنور تار نقاب کے اندر بھی عرق عرق ہو جاتا تھا۔ مجھے بے جان سمجھ کر وہ کبھی میرے جسم کا سہارا لیتی اور کبھی اپنے ناخون سے میرے تنے کو کریدا کرتی۔ میرا دل تیزی سے دھڑکتا اور میں گہری سانس کھینچ کر خاموش ہو جاتا۔ مبادا وہ سہم نہ جائے ایک لمحہ کے بعد نقاب اس کے رخ روشن کا پردہ دار بن جاتا۔ پھولوں کے ہار اس کے بیدار جذبات کو تھپکیاں دیتے اور چھاگل کے گھونگرو ان پیروں کو چوم کر رقص کرنے لگتے تھے۔

ان مہوشوں میں سے ایک کا وتیرہ سب سے جدا تھا۔ نگاہیں سمیٹے سب سے چھپ کر وہ میرے پاس آتی اور سر جھکا کر فوراً چلی جاتی تھی۔ اس خوف سے کہ کوئی اسے دیکھ نہ لے۔ زیبائش سے وہ اتنی ہی دور تھی جتنا کہ چاند۔ نہ اس کی جبیں پر کم کم ہوتا نہ پیروں میں چھاگل۔ اس کی سادگی سفید ساری سے یوں چھن چھن کر نکلتی تھی، جیسے دوشیزۂ صبح سفید بادلوں میں تیر رہی ہو۔ اس کی آمد کا کوئی وقت مقرر نہ تھا۔ کبھی وہ صبح میں آتی۔ کبھی دوپہر میں اور کبھی دونوں وقت ملتے۔ جب وہ شام کو آتی تو اسی "امر بیل" کو تھام کر میری گھنی چھاؤں میں بیٹھ جاتی، جب تک سورج شب کے محل میں آرام کرنے نہ چلا جاتا وہ اپنی پر حسرت نگاہوں سے اس منزل ناتمام کو تاکا کرتی۔

ماضی ناکامیوں کی آماج گاہ اور مستقبل امیدوں کا آئینہ ہے۔ ماضی افسردگی کے قلم سے اس کے چہرے پر ناکام آرزؤں کے افسانے لکھا کرتا۔ جب اس کے سینے سے گہری سانسیں نکلتیں تو میرا پتہ بھی ضبط نہ کر سکتا اور پیہم چیخ اٹھتا تھا کبھی اس کی زبان سے ایک لفظ نہ نکلتا اور نہ وہ کوئی دعا مانگتی۔ ہاں گاہے گاہے وہیں بیٹھ کر وہ کچھ گنگناتی ضرور تھی لیکن ان نغموں کو میں نہ سمجھ سکتا تھا۔

پہلے تو میری توجہ اس کی طرف منعطف ہی نہیں ہوئی لیکن شام کے سناٹے میں جب وہ عموماً ادھر سے گزرنے لگی تو میری دلچسپی بھی رفتہ رفتہ بڑھتی گئی۔ سورج ڈھلتے ہی میں بے تابی سے اس کا انتظار کرنے لگتا اور اس کے آنے میں جتنی تاخیر ہوتی ہول دل اتنا ہی بڑھ جاتا۔ مجھے یاد ہے کہ خلاف معمول ایک روز وہ نہ آئی تو میں دیر تک اس کا انتظار کرتا رہا۔ دامن مغرب میں سورج نے منہ چھپالیا۔ لیلائے شب

نے نقاب سے سر نکالا، ستاروں کی انجمن منعقد ہوئی چاند کی کرنوں نے اپنا ساز چھیڑا، کہکشاں نے آسمان پر بجلیاں بکھیر دیں۔ پھر بھی وہ نہ آئی!

دو دن تین دن، سینکڑوں ہزاروں دن آئے اور چلے گئے لیکن وہ نہ آئی یہاں تک کہ میں نے اس کے انتظار سے منہ موڑا اور اپنے منتشر جذبات کا مرکز اسی باوفا امر بیل کو بنانے کی کوشش کرنے لگا۔ میں اسے بھول چکا تھا کہ ایک روز وہ آگئی۔ ایک ہیبت ناک خواب کی طرح وہ دن مجھے یاد رہے گا۔ گھنگھور بادل چھائے ہوئے تھے۔ غضب کی سردی تھی۔ باد تند کے جھکولے کھا کھا کر امر بیل تھر تھرا رہی تھی۔ میں سوچ رہا تھا کہ اسے اپنے کس پہلو میں جگہ دوں۔ یکایک دیکھا کہ اسی خاک آلود راستے پر وہ تیزی سے چلی آرہی ہے۔ لیکن وہ بدل چکی تھی۔ وہ جمال جہاں آرا بوئے گل کی طرح غائب ہو چکا تھا۔ چہرے پر اتنی جھریاں تھیں گویا عمر رفتہ نے اپنی آستینوں کو چنا ہو، آنکھوں میں حلقے پڑ گئے تھے۔ ہونٹ سوکھ کر لٹک گئے تھے۔ جب میں نے دونوں تصویروں کا مقابلہ کیا تو وحشت سی ہونے لگی۔ قریب آکر نہ اس نے ہاتھ باندھے نہ سر جھکایا اور نہ اس بیل کا سہارا لیا۔ ایک مرتبہ چاروں طرف دیکھ کر وہ مجھ سے لپٹ پڑی اور زار زار رونے لگی۔ آہ! میں اس کے گیت سننے کا آرزو مند تھا۔ آنسوؤں کی زبان کو میں کیا سمجھ سکتا۔

میں نے دیکھا کہ وہ صرف ساری باندھے ہوئے ہے جو جگہ جگہ سے شکستہ ہو چکی تھی۔ بال بکھرے ہوئے، پیر خون میں رنگے ہوئے جسم نازنیں خاک آلودہ، روتے روتے وہ کہنے لگی، "دیوتا؟ سب نے مجھے ٹھکرا دیا۔ انسانوں کے رحم و کرم سے میں محروم ہو چکی۔ میں نے بے وفائی کی، احسان فراموشی کی۔ کس امید پر؟ محبت

نے میری آنکھوں پر پٹی باندھ دی تھی محبت؟ فریب، مکر، دھوکا؟ اس ظالم نے مجھے دین و دنیا، کہیں کا نہ رکھا۔ مہذب دنیا اب مجھے عصمت فروش ہرجائی کے نام سے پکارتی ہے۔ دیوتا! کیا تم مجھے اپنے دامن عاطفت میں جگہ دو گے۔ جانتے ہو، اپنے کاندھوں پر کیسے گناہ عظیم کا بار لئے آئی ہوں؟ میں ایک ایسے بچے کی ماں ہوں جس کا باپ بننے کے لئے کوئی مرد تیار نہیں۔ دیوتا! کیا تم میرے گناہوں سے درگزر کروگے۔"

اس کی فریاد میرے لئے ناقابل برداشت تھی۔ میں سوچنے لگا کہ اپنی ہمدردی کا اظہار کس طرح کروں۔ کاش کہ شبنم کے کچھ قطرے ہی ٹپک پڑتے جن پر اسے میرے آنسوؤں کا گمان ہو جاتا۔

نقاہت کی وجہ سے اس کے ہاتھوں کی گرفت ڈھیلی ہونے لگی اور وہ بے ہوش ہو کر گر پڑی۔ کئی گھنٹے گزر گئے اور وہ اسی حال میں پڑی رہی، بعد ازاں اس کا جسم یکبارگی لرزا اور پھر اینٹھنے لگا۔ وہ خواب میں بڑبڑانے لگی، "کیا عورتوں کو دراصل خدا نے ہی پیدا کیا تھا؟ اور اس بچے کو۔ اس بچے کی پیدائش کا ذمہ دار کون ہے؟ خیر میں ہی سہی لیکن میرے گناہوں کا خمیازہ وہ کیوں اٹھائے؟ خدا رحیم و کریم ہے۔ شاید مردوں کے لئے لیکن عورتوں کا خدا کہاں ہے؟ خدا، جنت، روح، دنیا، عاقبت، سب مردوں کے لئے۔ آہ میرا بچہ! میرا بچہ!"

آسمان پر ستاروں کو نیند آنے لگی۔ مشرق میں صرف ایک ستارہ جگمگاتا رہ گیا۔ نسیم صبح کی خنکی تیز تر ہو گئی۔ شب کی سیاہی اور بھی گہری ہو گئی۔ اسی عالم سکون میں یکایک ایک روح فرسا چیخ اس کے سینے سے نکلی، اور وہ تڑپ کر اٹھ بیٹھی۔ اس نے

اپنی پھٹی ہوئی ساری کو تار تار کر ڈالا اور پھر گر پڑی۔ ایک ہچکی اور ایک چیخ۔ کتاب زندگی کی یہ تفسیر تھی وہ مر چکی تھی۔

جب سورج کی روشنی پھیلی تو میں نے دیکھا کہ وہ میرے سامنے برہنہ پڑی ہے۔ اس کا جسم زرد ہو گیا تھا۔ ناخن نیلے پڑ گئے تھے، بازو میں پھٹی ہوئی ساری پڑی تھی۔ جس پر ایک بچے کی خون آلود لاش رکھی ہوئی تھی۔ برسات کے پانی میں یہ خون دور تک بہہ نکلا تھا اور آس پاس کی مٹی پر ایک سرخ تہہ چڑھ گئی تھی۔

جذبۂ محبت کی یہ مثال تھی جس کی حقانیت اور عظمت کے متعلق انسان عجیب وغریب باتیں کہا کرتا ہے۔ ممکن ہے میرا قیاس غلط ہو، ممکن ہے کہ محبت کے غلط مشاہدات نے میرے تخیل کو بھی ناقص بنا دیا ہو۔ کیا یہ دوپایہ جو اپنے آپ کو انسان کہتا ہے۔ اتنا شقی القلب اور سیاہ باطن ہو سکتا ہے؟ اس خیال سے میں اپنے آپ کو باز رکھنا چاہتا ہوں لیکن جب یاد کرتا ہوں کہ میری جڑیں ان دو بے گناہوں کے خون سے سینچی گئی ہیں جنہیں انسانیت نے محبت کی قربان گاہ پر بھینٹ چڑھایا تھا تو میں حیوانیت کو اس پر فوقیت دیتا ہوں اور اپنی قسمت کو سراہتا ہوں کہ انسان نہ ہوا۔ وہ دونوں بے گناہ محبت پر قربان ہوئے یا سوسائٹی کے رواج پر یا مرد کی خواہشاتِ نفسانی پر؟ وہ عورت بے گناہ تھی۔ وہ محبت کرنا چاہتی تھی لیکن اسے دھوکا ہوا وہ مرد کی ناپاک ہوس رانی کا شکار ہوئی لیکن جب اس کی محبت بے ریا تھی تو اسے مجرم کیوں قرار دیا گیا؟ وہ خود نفس پرست نہ تھی۔ اس ظالم سوسائٹی کو اس معصوم بچے نے کیا نقصان پہنچایا تھا؟

انسان دراصل کس سے محبت کرتا ہے۔ اپنی خودی سے یا محبوب سے؟ اپنے

پسندیدہ جذبات اور توہمات مجسمہ صورت سے تو سہمی ہوئی نظروں سے دائیں بائیں دیکھ کر مجھ سے بچتے ہوئے تیزی سے نکل جاتا۔ دن میں کچھ گستاخ لڑکے دور کھڑے ہو کر میری طرف پتھر پھینکتے اور بھوت بھوت کا شور مچایا کرتے ان کا مطلب میں صاف صاف تو نہیں سمجھ سکتا تھا لیکن ان کے اطوار میں حقارت اور نفرت کے آثار دیکھ کر مجھے دلی صدمہ ہوتا تھا۔ کیا انسان کی عبادت بھی اتنی ہی پادر ہوا ہے جتنی اس کی محبت؟ زیادہ عرصہ نہیں گزرا جب میں ایک زمانہ کا مسجود بنا ہوا تھا۔ میرا سنگِ آستاں اس گاؤں کا سنگِ جبیں بنا ہوا تھا۔ حسینانِ عالم بصد شوق میرے آگے سر جھکا کر اپنے دکھ درد کا مداوا مانگتے تھے گویا میں ان سب لوگوں کا تنہا مشکل کشا تھا۔ حالانکہ میں ان کے آلام کا سدباب نہ کر سکتا تھا۔ تاہم اپنی خاموش زبان سے میں ان کی غمگساری تو کرتا تھا۔ میں بے حس اور بے زبان تھا۔ لیکن اس سے میری توقیر پر کوئی اثر نہ پڑتا تھا۔ مقامِ حیرت ہے کہ جیسے ہی اس دکھیاری نے میرے پاس آکر اپنی مصیبتوں کا خاتمہ کر لیا تو گویا میری ساری وقعت بھی اس خون میں دھل گئی۔ کیا ان تمناؤں اور دعاؤں میں صداقت کی ذرا بھی بو نہ تھی؟ اس روز پتہ چلا کہ انسانیت کو دراصل کون سا مرض لاحق ہو گیا ہے جب میں درد کے احساس سے نابلد تھا تو کتنے مریض آتے تھے، اب جو میں اس عالمگیر مرض کا علاج معلوم کر چکا ہوں تو کوئی میرے قریب بھی نہیں آتا اور اس طرح یہ احساس میرے لئے جان لیوا ہو گیا ہے! عبادت اور محبت میں کوئی تعلق ہے یا نہیں؟ محبت۔۔۔ روشنی ہے، عبادت تاریکی میں روشنی کی جستجو ہے۔ محبت امید ہے، عبادت ناامیدی میں امید کی تلاش ہے۔ محبت دریا کی پرسکون روانی ہے، عبادت تلاطم خیز سمندر میں

ساحل کی تلاش ہے۔ میں محبت کو سمجھ سکتا ہوں کہ وہ زندگی ہے۔ میں عبادت کو نہیں سمجھنا چاہتا کہ وہ موت کا گیت ہے۔

رفتہ رفتہ جنون و وحشت کا یہ دور گزر گیا اور میں از سر نو جوان ہونے لگا۔ میری کونپلیں ہری ہونے لگیں اور شاخوں میں شباب کی کج ادائی آنے لگی۔ میرے برگشتہ جذبات میں امید نے نئی تازگی پیدا کر دی۔ معلوم ہوتا تھا کہ دنیا کا ہر برگ و شجر امید کے ترانے الاپ رہا ہے اور زمین سے آسمان تک ہر شے موسیقیت کے نشہ میں متوالی ہو گئی ہے۔

شہرت کی زندگی طویل نہیں، وہ نیک نامی پر محمول ہو یا بدنامی پر اس روز میں نے اپنی توقیر کو خاک میں ملتے دیکھا تھا آج یہ کلنک کا ٹیکہ بھی مٹ گیا۔ عزت کا ستون ایک لمحہ میں مسمار ہو گیا تھا، دوبارہ اس کی تعمیر میں کئی سال لگ گئے، بارے آج وہ پھر کھڑا ہو گیا۔ اب راہ گیروں اور سیلانیوں کے غول بے خوف و خطر میرے قریب آنے لگے۔ گو کہ وہ میری پوجا نہ کرتے تھے، ایک نگاہِ غلط انداز ڈال کر لاپرواہی سے میرے سائے تلے بیٹھ جاتے تھے۔ گاؤں کی عورتیں بھی میرے پاس بیٹھنے لگیں گو کہ وہ میری طرف آنکھ اٹھا کر بھی نہ دیکھتی تھیں۔ یا تو یہ تغافل تھا یا غرور حسن۔ بہر کیف میں خوش ہوتا تھا کہ پسماندگی میں اپنے سائے کی ٹھنڈک سے انہیں کچھ دیر سکون تو پہونچا سکا۔ اور تو اور ننھی لڑکیاں بھی میرے ارد گرد ناچنے لگیں، ان کے دل میں نہ عزت تھی نہ حقارت۔ ان کے لئے زندگی ایک رقص شرر تھی اور بس! آہ میرے ٹوٹے ہوئے مندر کی تعمیر از سر نو ہوئی تھی لیکن یہ وہ مندر تھا جس سے مورت غائب ہو گئی ہو اور لوگ اس سے سرائے کا کام لینے

لگے ہوں۔

قسمت نے پھر پلٹا کھایا۔ جب مشرق کی وادیوں سے دوشیزہ صبح آنکھیں ملتے نکلتی تو میری بلندیاں کوئل اور پپیہوں کے ساتھ غزل خواں ہو جاتیں۔ نسیم صبح کی جمال آرائیوں کو دیکھ کر میرے پتے فرط انبساط میں لرزنے لگتے۔ کنول کے پھولوں کی خوشبو ہواؤں کو مستانہ بنا دیتی۔ جب ساری دنیا بہ یک وقت تمام تر رنگینیوں کی جلوہ گاہ بن جاتی تو "وہ" آتی اور ان کھیتوں میں دیر تک چہل قدمی کرتی جن میں نیند کی ماتی کلیاں جاگنے کی کوشش کیا کرتی تھیں۔ جب آفتاب کی گستاخ کرنوں کے بوسے اس کے رخساروں کو لالہ زار بنا دیتے اور اس کے لب پر پسینہ کی بوندیں شبنم کے قطروں سے چشمک زنی کرنے لگتیں تو وہ مسکراتی ہوئی میرے سامنے آ کھڑی ہوتی۔ اس کی سج دھج بھی نرالی تھی۔ اب تک میں نے کسی حسین میں یہ انداز نہ دیکھے تھے۔ یا تو اس کا لباس آسمانی ہوتا یا نرگسی اور ناگن لٹیں ہمیشہ لہراتی رہتیں۔ اور اللہ رے دیدہ دلیری! اس کی نگاہیں کبھی نگوں نہ ہوتیں، ہمیشہ سامنے کی طرف تاکتیں۔ ان میں جھجک کا نام نہ تھا۔ ان میں ایک برق تجلی پنہاں تھی جو دیدار عام کی دعوت دے رہی تھی۔ شوخی اور جادو کی لاانتہا بجلیاں جو کیف آور پلکوں کے نیچے چھپی ہوئی تھیں گویا وہ عشق کی دنیا سے پوچھ رہی تھیں کہ اگر تیری پابندیوں کو توڑ دوں تو کیا ہو۔

جب وہ میرے پاس بیٹھ جاتی تو اس کے چہرے کی جولانی اور تابانی کو دیکھ کر معلوم ہوتا کہ اس کا دل خوشی سے لبریز ہے۔ میں سوچنے لگتا کہ ایسی کونسی بات ہو سکتی ہے جس کا تصور اتنا خوش کن اور جاں نواز ہے، اکثر وہ ادھر آتی اور گھنٹوں عالم

تخیل میں مسرت کے طلسم گڑھا کرتی اور مجھے کبھی اس خوشی کا راز نہ معلوم ہوتا۔

لیکن یہ عقدہ کب تک حل نہ ہوتا۔ حیف جس جھوٹے دیوتا کی عبادت میں میں نے عمر گزار دی تھی یہ فریب خوردہ بھی اس کی ہی پجارن تھی۔ دریائے محبت میں اس نے بھی زندگی کی ناؤ ڈال دی تھی۔ کیا درحقیقت اسے ساحل کا پتہ مل گیا تھا۔ کیا وہ تمناؤں اور حسرتوں کے بھنور سے نکل چکی تھی، اب میں ان ہی گورکھ دھندوں کو سلجھانے کی کوشش کرنے لگا۔

ایک روز اسی راستہ سے میں نے ایک نوجوان کو آتے دیکھا، اب تک یاد ہے ہاں خوب یاد ہے۔ اس نے پجارن کی آنکھوں پر اپنے ہاتھ رکھ دیئے تھے اور وہ مسکرا رہی تھی۔ آہ وہ مسکراہٹ!

ان دونوں کی ملاقات سے مجھے ایک دلچسپ تجربہ ہوا جسے یاد کر کے اس بڑھاپے میں بھی میں ہنسا کرتا ہوں۔ انسان بلائے عشق میں مبتلا ہونے کے بعد اپنا انداز تکلم بھی بھول جاتا ہے۔ وہ شاعری اور موسیقی کی دنیا میں بھٹکا کرتا ہے، پہلے آنکھوں ہی آنکھوں میں باتیں ہوتی ہیں۔ جنہیں ہم بے جان نہیں سمجھ سکتے۔ آنکھیں اٹھتی ہیں جھپکتی ہیں اور جھک جاتی ہیں، کاش کہ میں جانتا ہوتا۔

ایک عرصہ تک حجاب اور نظارہ کا یہ سلسلہ جاری رہا۔ کبھی نوجوان پہلے آتا اور زیر لب کچھ گنگنایا کرتا۔ گو میں اس کی آواز نہ سن سکتا تھا لیکن اس کی خود فراموشی کا اندازہ لگا سکتا تھا۔ جب وہ پہلے آتی تو کھیتوں میں ٹہلنے لگتی اور کبھی کبھی اوس سے بھیگا ہوا ایک آدھ تنکا اٹھا کر اپنے دانتوں کو کریدنے لگتی۔

اب تک مجھے وہ دن یاد ہے۔ وہ نور کے تڑکے آئی اور دوپہر تک بیٹھی رہی۔

جب میں اس کے اضطراب کا تصور کرتا ہوں۔ اس خلش اور تپش کو یاد کرتا ہوں تو دل میں ایک کھٹک سی ہوتی ہے۔ عشق اپنا خراج مانگتا تھا۔ آنسوؤں کی صورت میں اور غرور و تمکنت کی ضد تھی کہ ان کی بات رہے۔ آنکھوں میں بار بار آنسو ڈبڈبا آتے تھے لیکن سوکھ کر وہیں رہ جاتے تھے۔ تھک کر میرے گھنے سایہ میں اس "امر بیل" کو لپٹ کر وہ بیٹھ گئی۔ دوپہر تک وہ بیٹھی رہی۔ لیکن وہ نہ آیا۔

آہستہ آہستہ اس کی پریشانی دور ہو گئی۔ اب انتظار تھا، اضطراب کا نام نہ تھا۔ انجام کار وہ اٹھی اور چلی گئی۔ جاتے جاتے وہ کہنے لگی۔ مجھ سے یا اس امر بیل سے اپنے آپ سے یا کسی نامعلوم آدمی سے، کہہ نہیں سکتا۔

وہ کہنے لگی ٹھیک ہوا۔ اس محبت کا انجام بھی یہی ہوتا تھا اگر فرض منصبی کو بھول کر راحت کی جستجو ہی محبت کا ماحصل ہوتا تو کیا ہوتا؟ میں اپنے جذبات اور احساسات کو ظاہر نہ کر سکی لیکن اس سے کیا؟ میرے دل میں جو کچھ تھا اور ہے۔ اس سے میری زندگی روشن ہو گئی، محبت مجموعہ ہے رنج و راحت کا، ہجر و وصال کا، اضطراب و مسرت کا، محبت ضد کی گود میں پھولتی پھلتی ہے۔ ورنہ محبت کتنی بے معنی اور بے لطف وہ جاتی۔" وہ اٹھی اور چلی گئی ہمیشہ ہمیشہ کے لئے میری زندگی کے دائرے سے اوجھل ہو گئی لیکن اس کی خود فراموشی کو میں عمر بھر نہ بھولوں گا۔

اس داستان غم کے ساتھ میری رام کہانی بھی ختم ہو جاتی ہے۔ اس کے ساتھ محبت انسانی کے میرے مشاہدات بھی ختم ہو گئے۔ سالہا سال سے جس سراب سحرا کی جستجو میں میں سرگرداں تھا۔ اس کا جواب مجھے ایک سوال کی صورت میں ملا "ورنہ ہماری محبت کتنی بے معنی اور بے کیف ہوتی۔" جس حقیقت کو میں ہنوز نہ سمجھ

سکا تھا۔ ایک عورت نے ایک لمحہ میں اس کا پتہ دے دیا۔ اس وقت میری سمجھ میں آیا کہ محبت کا پودا تنہائی اور تاریکی میں نشو ونما پاتا ہے، روشنی میں آتے ہی وہ مرجھا جاتا ہے۔ عشق کو ظاہر کیوں کیا جائے رسوائی کی آگ میں اسے کیوں جلایا جائے۔ میں اپنی محبت کا اظہار نہ کر سکا۔ جس سے زندگی تشنۂ تکمیل رہ گئی۔ لیکن اس سے کیا؟ اس خود فراموشی کا ایک لمحہ بھی تمام زندگی کے بارِ غم کا کفارہ ادا کر دے گا۔

میں دیکھتا ہوں کہ دنیا میں دو عظیم الشان طاقتوں میں تنازعہ ہو رہا ہے۔ یہ طاقتیں باہم متضاد نہیں، ارتقا کے دو مختلف راستے ہیں۔ ان میں ایک طاقت ترکیبی ہے۔ گل وبلبل، چاند اور چاندنی، شب اور تاریکی، شفق اور روشنی کی ہم آہنگی میں یہ طاقت نمایاں ہوتی ہے۔ دوسری طاقت تخریبی ہے۔ طوفان میں توڑ کر، برق بلا سے خرمن کو جلا کر، آگ اور خون میں بربادی کے نشان چھوڑ کر وہ اپنی موجودگی کا ثبوت دیتی ہے۔ گاہے گاہے یہ دونوں طاقتیں کسی واقعہ میں اتنے عجیب طریقے سے آپس میں گھل مل جاتی ہیں کہ ہمارے تعجب کی انتہا نہیں رہتی۔ ہماری محدود عقل حیران رہ جاتی ہے۔ شاید محبت بھی ایسا ہی واقعہ ہے۔

یہ بھی محسوس کرتا ہوں کہ اتنے وسیع تجربات اور عمیق علم کے باوجود میں دنیا میں اکیلا ہوں۔ نہ میں کسی کا ہوں اور نہ کوئی میرا۔ میں دوستوں کی تمنا کرتا ہوں لیکن ایک بے حس اور بے جان درخت کے لئے دوست کہاں ہیں، غمگسار اور ہمدم کہاں ہیں۔ ممکن ہے کہ پہاڑ کو کبھی کسی سہارے کی ضرورت نہ ہو لیکن چارہ سازی اور آشنائی کی تمنا دل کی گہرائی سے نکال پھینکنے کی جرات میں اپنے آپ میں نہیں پاتا۔ تو بھی میری وسعت اور عظمت سے لوگ بے حد مرعوب ہو جاتے ہیں۔ اور یہ

سوچ بھی نہیں سکتے کہ کسی ہمدرد کا انتظار میرے لئے کتنا صبر آزما ہے۔ میرے چاروں طرف قدرت ارتقا کی بلندیوں پر ہمدردی اور محبت کی سیڑھیوں سے چڑھتی جاتی ہے اور میں تن تنہا بے چارگی کی حالت میں کھڑا یہ تماشا دیکھا کرتا ہوں۔

لیکن اس وقت یہ خیال آتا ہے کہ مجھے اس فریاد کا کوئی حق نہیں۔ یہ سچ ہے کہ میری ہر خواہش پوری نہیں ہوئی میں کئی نعمتوں سے محروم رہ گیا۔ لیکن جو کچھ حاصل کیا وہ اس زندگی کے لئے کافی ہے۔ صدہا بار دنیا کو بہار کی رنگینیوں میں شرابور دیکھا ہے۔ ہزاروں آدمیوں نے میری قدم بوسی کی ہے اور بے شمار نازنینوں نے مجھے اپنا رازداں بنایا ہے۔ نہ معلوم کتنی مرتبہ اس "امر بیل" کے بوسے میں مجھے بہار کی مدہوشی، برسات کی سحر پروری، خزاں کی گرمی، اور سرما کی تندی کا لطف بہ یک وقت نصیب ہوا ہے۔ اس کی جان کاہ گرفت میں تڑپ تڑپ کر میں نے آزادی کی مسرت حاصل کی ہے۔ صرف ایک کھٹک دل میں باقی رہ جاتی ہے جو ہمیشہ روح کو ٹھوکے دیا کرتی ہے۔ وہ یہ کہ۔۔۔ میں بے زبان رہ گیا! میری تمنا ایک معنی بے لفظ ہو کر رہ گئی۔ لیکن غور کرنے کے بعد یہ خیال مجھے دلاسا دیتا ہے کہ میں ہی نہیں ساری دنیا بے زبان ہے۔

جب اپنی بے چارگی کا احساس ہوتا ہے تو میں انسان کی بے چارگی پر نظر ڈالتا ہوں۔ جب سوچتا ہوں کہ قدرت نے محرومِ نطق رکھ کر مجھ پر ظلم کیا تو یاد آتا ہے کہ میں خود بھی تو اس دنیا کی "زبانِ بے زبانی" کا ایک خاموش تماشائی ہوں۔

***

۷

مجھے جانے دو

"مجھے جانے دو" اس نے کہا۔ اور جب تک میں اسے روکوں وہ ہاتھ چھڑا کر جا چکی تھی۔ اندھیرے میں اس کی آنکھوں کی ایک جھپک اور دہلیز پر پاؤں کے بچھوے کی ایک جھنک سنائی دی۔ وہ چلی گئی اور میں کوٹھڑی میں اکیلا رہ گیا۔

میں وہاں جانا نہ چاہتا تھا۔ میں اکثر اس مکان کے آگے سے گزرا تھا اور شام کے وقت کچھ جوان لڑکیوں کو اس کے پھاٹک کے آگے کھڑا پایا تھا۔ جاڑے کی راتوں میں نیم آستین جمپر پہنے ہوئے یہ چھوکریاں راہ چلتوں کو لبھانے کی تدبیر کیا کرتی تھیں۔ کوئی بھی آنکھوں والا غازے کی سرخی میں عصمت کے خون کی جھلک دیکھ سکتا تھا۔ ان کے جسم کا ہر رواں تھر تھرا کر کہہ رہا تھا۔ ہمیں لے لو۔ ایک روپیہ کے بدلے۔

ان میں سے بعض سگریٹ کا دھواں نہایت نزاکت سے کسی رنگیلے کے منہ پر پھونک دیتی تھیں اور کوئی منچلی کسی بدنما مارواڑی کے جوتے پر پان کی پیک تھوک دیتی تھی۔ جب وہ پلیٹ کر دیکھتا تو لڑکیاں آنکھ مار کر کھل کھلا پڑتی تھیں۔ ان کی ہر ادا زبان حال سے کہتی تھی۔ ہمیں لے لو۔ ایک روپیہ کے بدلے۔

ٹرام پر شریف زادیوں اور موٹروں پر امیر زادیوں کے کھیپ کے کھیپ گذرا کرتے تھے۔ ان سستی طوائفوں پر نظر پڑتے ہی وہ توبہ و استغفار کے ساتھ دوسری طرف دیکھنے لگتی تھیں۔ یہ بدبخت، نسوانیت کی کلنگ۔ خدا انہیں غارت کرے۔ چند ٹکوں کے لئے، شراب کی ایک بوتل یا سگریٹ کی ایک ڈبیہ کیلئے یہ اپنا تن ہر ایرے غیرے کے سپرد کر دیتی ہیں۔ اور ہم؟۔ پھر وہ اپنے شوہروں کو یاد کرنے لگتی تھیں جنہوں نے انہیں اونچی حویلیاں، ریشمی ساریاں اور چھ چھ بچے عطا کئے تھے۔

اس مکان سے لگ کر کالی دیوی کا ایک چھوٹا سا مندر تھا۔ یہ کالی کلوٹی اور ننگ دھڑنگ دیوی اپنی پتھرائی ہوئی آنکھوں سے لیل ونہار کا تماشہ دیکھا کرتی تھی۔ شام کو جب آرتی شروع ہوتی اور کم سن لڑکیاں اس کے سامنے ناچنے لگتیں تو مٹی کے چراغوں کی دھندلی جوت میں اس کی شکل زیادہ پراسرار ہو جاتی۔ معلوم ہوتا کہ عورت کی روح ایک سیاہ کفن اوڑھے ہوئے اپنی قبر سے اٹھی ہے اور ایک آن میں مرد کو فنا کر دے گی۔ جو لوگ درشن کے لئے آتے، وہ ہاتھ باندھے ہوئے للچائی ہوئی نظروں سے ان رقاصاؤں کا تاکا کرتے تھے اور جب وہ التفات نہ کرتیں تو یہ زیادہ بیباکی سے ان طوائفوں کو گھورنے لگتے۔ جو پجاری کے ڈر کے مارے سیڑھی کے نیچے سر جھکائے کھڑی رہتی تھیں۔

ان میں سے ایک کا انداز سب سے نرالا تھا۔ اس کے دل میں پوجا کی عظمت کا احساس مطلق نہ تھا۔ وہ سگریٹ پیتے ہوئے نہایت اطمینان سے آرتی کا تماشہ دیکھتی اور وقتاً فوقتاً کیرتن کی لے پر پیروں سے ٹیک دینے لگتی۔ جب کوئی بوڑھا اپنی چھٹی

ہوئی آواز سے تال کو بیتال کر دیتا تو وہ قہقہہ مار کر ہنس پڑتی اور پنواڑی کو پکار کر کہتی،

"ارے ذرا سی سرتی تو بنانا۔"

اور کیرتن کا نغمہ کسی مجروح پرندے کی طرح دیر تک تڑپتا رہتا۔

جب میں نے پہلی مرتبہ اسے دیکھا تو میرا دل آپ ہی آپ مبہوت ہو کر اس کی طرف متوجہ ہو گیا۔ میں وہاں سے بھاگتے بھاگتے بھی اس کے قریب پہنچ گیا۔ لیکن اس نے بے پروائی سے مجھے دیکھا اور اپنی ایک سہیلی سے پوچھنے لگی،

"اری اس حرام زادے سے کتنے اینٹھے؟"

اس میں ہر شام کو اس فٹ پاتھ پر سے گزرنے لگا۔ جب وہ اس مقام پر ہوتی تو ذرا حیرانی سے میری طرف دیکھتی اور پھر کچھ مسکرا کر اپنی ہم چشموں سے باتیں کرنے لگتی تھی۔ کبھی وہ وہاں نہیں بھی ہوتی تھی اور میں سمجھ جاتا تھا کہ وہ کہاں رہے۔ میرے دل پر چوٹ سی لگتی، خون کی روانی تیز ہو جاتی اور ماتھے پر پسینے کی بوندیں آ جاتیں۔ دور ہٹ کر لیمپ کے کھمبے کا سہارا لئے میں گھنٹوں کھڑا رہتا تھا۔ حتی کہ پیر شل ہو جاتے تھے۔ میں یونہی ٹکٹکی باندھے اس پھاٹک کو تاکتا رہتا تھا۔ بہتیرے شریف اس کے اندر سے نکلتے اور دائیں بائیں دیکھ کر لپکتے ہوئے بھیڑ میں گم ہو جاتے تھے۔ لمبی لمبی چوٹیوں اور گھنیری ڈاڑھیوں والے بیسیوں بدمعاش اس چکلہ گھر سے برآمد ہو کر بھیگی بلیوں کی طرح پنجے دبائے بھاگتے نظر آتے تھے۔

مجھے یاد ہے کہ میں نے اس سے کیوں کر ہم کلام ہونے کی جرات کی تھی۔

اس روز میں اپنے سب سے پیارے دوست کو قبر میں لٹا کر لوٹا تھا۔ اب دنیا میں کوئی اپنا نہ تھا۔ وہ دق میں گھل گھل کر مر گیا اور میں اس کے علاج کا کوئی انتظام نہ

کر سکا۔ جب وہ مر گیا تو ہم نے اسے مٹی کے تودوں کے نیچے دبا دیا۔ جب وہ قبر میں سلا دیا گیا تو میں نے کلیجہ تھام کر آخری مرتبہ اس کے چہرے کو دیکھا۔ اس پر اب بھی وہی بھولا پن تھا۔ گویا انسان سماج کی قبر میں چاندی کے ڈھیلوں کے نیچے دب گیا۔ اور اس نے مرتے مرتے کہا، "میری پیپ تمہارے جسم کو سڑائے گی، میرا خون تمہارے بند کو تپائے گا، میرے آنسو تمہارے گوشت کو گلائیں گے۔"

میں قبرستان سے لوٹا تو میرے جسم کے اندر کچھ نہ تھا۔ ضمیر کی جگہ کوئی چیز بھائیں بھائیں کر رہی تھی۔ ایک خلا جس میں کاہش کے سوا کچھ نہ تھا۔

شام کے وقت بلا ارادہ میں اسی مکان کے آگے موجود تھا۔ میں نے بنا کچھ کہے ہاتھ پکڑ کر اسے اندر گھسیٹ لیا۔

اس نے مجھے ایک روپیہ دے کر کہا، "اس مندر کے پیچھے کی گلی میں ایک کلال کی دوکان ہے، وہاں سے ایک ادھا خرید لاؤ۔"

میں نے کبھی ایسا نہیں کیا تھا، لیکن اس وقت نہ جانے کیا ہو گیا میں نے تہیہ کر لیا کہ ہر وہ کام اچھا رہے جسے دنیا برا کہتی ہے۔ پھر میں اس کلال کی دکان میں گھس گیا۔

مٹی کے بڑے بڑے مٹکے جن پر جھاگ کے بادل سمٹ آئے تھے۔ جیسے بھینس کے تھن سے دودھ ٹپک رہا ہو۔ ان میں مکھیاں اور مکوڑے تیرتے ہوئے اندر متوالے مل کر گا رہے تھے۔

"ایکشا نمبر ون کا آآآآآ۔۔۔ بہا آآآآ۔۔۔ دے نالا۔۔۔"

میں جلدی سے ایک ادھا خریدا۔ اور دوانی کی چاٹ۔ چٹپٹی مسالے دار۔

اس نے منہ لگا کر دیکھتے دیکھتے آدھی بوتل ختم کر دی۔ پھر چپ چاپ ایک سگریٹ سلگایا۔ اور میری گود میں اپنے پاؤں پھیلا کر ٹوٹی ہوئی آرام کرسی پر دراز ہو گئی۔

یک بیک وہ زور سے ہنسی اور مجھے غور سے دیکھ کر پوچھا، "تم یہاں کیوں آئے ہو؟"

ہوا بند تھی۔ کھڑکی سے آسمان کا ایک چھوٹا سا ٹکڑا نظر آرہا تھا جس میں دو تین ستارے چمیلی کے پھولوں کی طرح کھلے ہوئے تھے۔

میں نے کوئی جواب نہیں دیا تھا۔ اس سوال کا جواب کیا ہو سکتا تھا۔

"بولتے نہیں۔ میں پوچھ رہی ہوں کہ تم یہاں کس غرض سے آئے ہو۔ مجھے اس مرد سے نفرت ہوتی ہے جو عورت کے پاس بیٹھ کر اپنا مدعا زبان سے نہیں بلکہ نگاہ سے ظاہر کیا کرتا ہے۔ اور اس گھڑی کا منتظر رہتا ہے، جب عورت خود اس سے پوچھے گی، تم کیا چاہتے ہو؟"

اس نے بوتل کی بچی ہوئی شراب اپنے گلے کے نیچے اتار لی اور سگریٹ کا ایک گہرا کش لے کر باہر دیکھنے لگی۔ میں بدستور چپ تھا۔ خود مجھے بھی نہیں معلوم تھا کہ میں کیوں آیا ہوں اور کیا چاہتا ہوں۔

پھر وہ اٹھ کر کوٹھڑی میں ٹہلنے لگی۔ ٹہلتے ٹہلتے وہ آئینہ کے سامنے کھڑی ہو گئی اور اس میں اپنی صورت دیکھنے لگی۔ جب وہ دوبارہ ہنسی تو مجھے ایسا لگا کہ کوئی مردہ ہنس رہا ہے۔ "یہ میری ہی صورت ہے۔ اگر میں کاجل غازہ اور لاکھے کو دھو ڈالوں تو کیا رہ جائے۔ دھندلی آنکھیں، پچکے ہوئے گال، سوکھے ہوئے ہونٹ۔ تین سال

کے اندر کیا سے کیا ہو گیا۔ میرے جسم کو گھن لگ چکا ہے میں اندر سے کھوکھلی ہو گئی ہوں۔ مجھے ایسی ایسی بیماریاں لگ گئی ہیں جن کے تصور سے تمہیں وحشت ہو گئی اور تم یہاں سے بھاگ جاؤ گے!"

دیر تک وہ کچھ سوچتی رہی۔ اس کا منہ غصہ سے تمتما رہا تھا۔ مجھ پر آنکھیں گاڑ کر وہ کہنے لگی، "اور یہ بیماریاں مجھے کہاں سے لگیں؟ یہ تم جیسے چاہنے والوں کا ہی عطیہ ہے۔ مرد۔ سوزاک اور آتشک کے جراثیم کا باپ!

تم ابھی اس کوچے سے ناواقف ہو۔ نہیں جانتے کہ عورت کیا ہے۔ اگر تمہیں اپنے دوسرے بھائیوں کی طرح معلوم ہو گا کہ وہ مٹی کا ایک کھلونا ہی اور بس۔ تو تم آتے ہی اسے توڑ دیتے۔ یوں حیرت اور ہیبت سے مجھے نہ نہ تاکا کرتے۔ مگر تم ان لوگوں سے اچھے ہو جو وحشی درندوں کی طرح دیکھتے ہی ہمارے سینوں پر آتے ہیں۔ ہمیں کتوں کی طرح بھنبھوڑتے ہیں اور جب ہڈیوں میں گودا نہیں رہتا تو ہمارے پلو میں دو چار ٹکلیاں باندھ کر چلے جاتے ہیں۔

پھر گھر والی آتی ہے۔ ہماری گرہ سے ایک ایک چھدام نکال کر لے جاتی ہے۔ اور اس کے بدلے ہمیں کھانے کے لئے روٹیاں اور سنگار کے لئے کاجل کی سلائی دے جاتی ہے۔

دن کے اجالے میں جب تم لوگ ادھر سے آتے جاتے ہو تو حقارت سے منہ پھیر کر اپنے ساتھیوں سے کہتے ہو یہاں چھنالا ہے۔ ان ٹکیٹی طوائفوں کو عصمت یا عزت کا ذرا پاس نہیں۔ انہیں شہر سے نکال دینا چاہئے۔

مگر رات کے اندھیرے میں تم کشاں کشاں آتے ہو۔ اور ان خرابوں کو آباد

کرتے ہو۔ تم اپنا منہ کالا کر کے اپنی حرام کمائی کے چند درم ہمیں دیتی ہو اور پھر اس تجسس میں اپنی حرم سرا کو بھاگتے ہو کہ بیوی تو خیریت سے ہے۔"

وہ ہانپنے اور کھانسنے لگی۔ اس کا سانس پھول گیا اور چارپائی پر گر پڑی۔ اس نے درودیوار کو دیکھا اور آپ ہی آپ کہنے لگی، "زیادہ دن نہیں۔ یہ مصائب بہت جلد ختم ہو جائیں گے۔ اب سب کچھ خواب معلوم ہوتا ہے۔

جب میں مر جاؤں اور میری لاش لاوارثوں کے قبرستان میں پھینک دی جائے تو تم علی گری کے مولانا نور الاسلام سے ملنا۔ اس وقت ان کے پاس جانا جب وہ منبر پر بیٹھے جمعہ کا خطبہ سنا رہے ہوں، اور تمہیں شرافت کی قسم کہ جب وہ اخلاق کی تفسیر بیان کرنے لگیں تو اپنی صف سے نکل کر کہنا۔ مولانا! میں ایک پردیسی ہوں اور آپ کو یہ پیغام سنانے کلکتہ سے آیا ہوں کہ بد اخلاقی اس دنیا سے چل بسی۔ اب آپ ناحق نہ بسوریئے۔

اور جب سب بڈھے اپنی عینکیں کھسکا کر تمہیں گھوریں اور پوچھیں کہ یہ کیا بکتا ہے، تو تم کہنا۔ میں آپ کی بیٹی کے جنازے کا تماشہ دیکھ کر آرہا ہوں۔ وہ جسے ایک حرامی بچہ پیدا کرنے کے جرم میں آپ نے گھر سے نکال دیا تھا۔ اسے ایک مرد مومن نے کچھ دنوں کے لئے اپنے گھر ڈال لیا۔ اور اسی طرح ہاتھوں ہاتھ وہ کلکتہ پہنچ کر طوائف کا پیشہ کرنے لگی۔ آپ کے ہم جنسوں نے تحفہ میں اسے گھناؤنی بیماریاں دیں۔ اور جب وہ مر گئی تو ایک حافظ نے اس کی قبر پر فاتحہ خوانی کی۔ جب تم یہ کہہ چکو گے تو لوگ تمہیں بہت پیٹیں گے لیکن اپنی محبت کے صدقے میں اتنی تکلیف اٹھا لینا۔"

میرا دل بیٹھا جا رہا تھا۔ میں چاہتا تھا کہ وہاں سے بھاگ جاؤں مگر پیروں میں جیسے زنجیر پڑ گئی تھی۔ وہ پھر کھانسنے لگی۔ جب اس کا جی کچھ سنبھلا تو میں نے دیکھا کہ وہ چپکے چپکے رو رہی ہے۔ "تم لوگ جانوروں پر رحم کھاتے ہو۔ ان پر کوئی تشدد کرتا ہے تو سزائیں دیتے ہو۔ میں نے سیٹھوں کو دیکھا ہے کہ چیونٹیوں کو شکر اور سانڈوں کو پوریاں کھلاتے ہیں۔ مگر عورت! آہ عورت پر اتنا ظلم کیوں کرتے ہو؟

مگر عورتیں بیویاں بن کر طوائفوں سے مردوں کی بہ نسبت زیادہ نفرت کرتی ہیں۔ انہیں معلوم نہیں کہ ہمارا وجود ان کے حق میں کتنی بڑی نعمت ہے۔ ہم انہیں زنا بالجبر، اغوا، اور علانیہ عصمت دری سے بچاتی ہیں۔

اور خدا! وہ ہماری کیوں نہیں سنتا۔ اگر اس کی جنت میں حوروں کے لئے جگہ ہے تو دنیا میں ایک کونہ ہمیں کیوں نہیں مل سکتا؟"

اب ہوا چل رہی تھی اور تاڑ کے پتے غم نام آواز میں کراہ رہے تھے۔ سڑک پر ٹریموں اور موٹروں کا شور بہت کم ہو گیا تھا۔ البتہ اکے دکے رکشا کی گھنٹی بج اٹھتی تھی۔ بادلوں نے آسمان کے اس ٹکڑے کو گھیر لیا تھا اور ان میں کبھی کبھی بجلی چمک جاتی تھی۔ وہ پھر بولنے لگی، "میں نے صرف ایک مرتبہ محبت کی ہے اور اب بھی اس فریب میں مبتلا ہوں کہ وہ سچی محبت تھی۔ یہ فریب کبھی نہ ٹوٹے گا۔ کیونکہ قبل اس کے کہ میں اس کا امتحان لوں وہ مر چکا تھا۔

وہ اپنی بڑی بڑی آنکھیں اٹھا کر کس التجا سے مجھے دیکھتا تھا۔ وہی تصور مجھے دنیا میں سب سے زیادہ عزیز ہے۔ میں نے اپنا مایۂ حیات اسے سونپ دیا اور اس سے پہلے کہ وہ اس امانت کو لوٹائے وہ پلیگ میں مر گیا۔

اس نے مجھے جو بچہ دیا وہ حرامی تھا۔ کاش ہماری محبت کا اخلاقی کی مہر مل جاتی اور میرا بچہ مل جاتا۔"

ان بھولی ہوئی باتوں کی یاد سے اس کا دل بھر آیا اور وہ پھوٹ پھوٹ کر رونے لگی۔ میری سمجھ میں نہیں آیا کہ اسے کس طرح دلاسا دوں جس ماں کے آگے اس کے بچے کی لاش پڑی ہوئی ہو اور جس عورت کے آگے اس کے محبوب کا جنازہ، اسے تسلی دینے کا اسلوب کوئی زبان پیدا نہیں کر سکتی۔

جیسے وہ عدالت کے آگے بیان دے رہی ہو۔ میری سوتیلی ماں نے اندھیری رات میں اس بچے کی لاش آنگن میں گاڑ دی۔ اپنے بستر پر لیٹے لیٹے بجلی کی روشنی میں میں نے وہ نظارہ دیکھا اور پھر بیہوش ہو گئی۔ دو تین روز بعد میرے سوتیلے ماموں نے مجھے گاڑی میں بٹھا کر الہ آباد کا ٹکٹ ہاتھ میں تھما دیا۔ یہیں سے میری مصیبت کا آغاز ہوتا ہے۔

الہ آباد۔ میرے نسبتی خالو کا مکان۔ میری مرضی کے خلاف عصمت دری، بدنامی کا ڈر، کلکتہ۔ یہ چکلہ گھر۔"

زیر لب وہ یہ ٹوٹے پھوٹے جملے دوہراتی رہی اور چند لمحوں کے لئے اس کی آنکھ لگ گئی۔ میں دبے پاؤں اٹھا اور نکل بھاگنے کی نیت سے جوتے پہننے لگا۔ اتنے میں وہ چونک کر اٹھ بیٹھی، "کیا تم جا رہے ہو؟" اس نے اداسی سے پوچھا۔ اب اس کی آواز نرم و نحیف ہو گئی تھی۔ میں کھڑا کا کھڑا رہ گیا۔ اب بھی کچھ نہ کہہ سکا۔

"اچھا تو جاؤ خدا حافظ۔ اب نہ آنا۔ میں تم سے انتقام نہیں لینا چاہتی۔ اور کوئی ہوتا تو میں بصد شکر سوزاک اور آتشک کے چند جراثیم نذر کرتی۔ وہ کسی اور کو دیتا

اور یہ اس کے بچوں کو ورثہ میں ملتے۔ غرض ساری انسانیت ان امراض میں مبتلا ہو جاتی۔ تب شاید سماج کے ٹھیکہ داروں کو ہوش آتا کہ اس بلا کی جڑ کہاں رہے۔

مگر کبھی کبھی آ کر پوچھ لینا کہ میرے مرنے میں کتنی دیر ہے۔ کوئی کانوں میں کہہ رہا ہے کہ زیادہ دیر نہیں۔

کوئی بھری جوانی میں مرتا ہے تو لوگ افسوس کرتے ہیں کہ کیسا نامراد چلا۔ لیکن مجھے دیکھو کہ زندگی سے موت کے سوا کچھ نہیں مانگتی۔ تم نہیں جانتے کہ ہم آپ اپنی نظر میں کتنی ذلیل ہیں۔ ہمارا ہر لمحہ دوسروں کی خوشنودی میں بسر ہوتا ہے۔ ہم ایسی لونڈیاں ہیں جن کے آقا ہر روز بدلتے ہیں، کیوں۔ کس خیال میں گم ہو گئے۔ جاؤ خدا کے لئے چلے جاؤ۔"

لیکن میں نہ جا سکا۔ مجھے اس سے کچھ نہیں لینا تھا۔ پھر بھی میں گرفتار نظر پرندے کی طرح اپنی جگہ سے ٹل نہ سکا۔

"میں نہیں جاؤں گا۔" یہ کہہ کر میں نے اپنا سر اس کے آغوش میں رکھ دیا۔ وہ ایک بے جان لاش کی طرح یونہی پڑی رہی۔ اس کے دل کی دھڑکن کو میں صاف سن سکتا تھا۔ اس کی روح کا نوحہ میرے کانوں میں گونج رہا تھا۔

"تو پھر مجھے جانے دو۔" اس نے کہا اور وہ چلی گئی۔

***

۸

میری ڈائری کے چند ورق

۱۲ جون

اس عالم بیداری میں جانداروں کے اس اژدھام عظیم میں زندگی کی اس پر شور روانی میں رہتے ہوئے بھی محسوس ہوتا ہے کہ میں اکیلا ہوں۔ اکیلا، بالکل اکیلا، میری تنہائی اس قیدی سے بھی زیادہ المناک ہے جو ایک چہار دیواری میں بند ہونے کے بعد یہ سوچ ہی رہا ہو کہ اسیروں کے اس انبوہ میں کوئی دادرس نکل آئے گا۔ اور یک بیک بلا اطلاع اسے ایک کال کوٹھری میں بند کر دیا جائے اس کے ساتھی دنیا کو آواز دینے کے لئے جس بیقراری کا اظہار کرتے ہیں وہ فریاد بھی اس سیہ بخت کے لئے اتنی ہی مبہم ہو جاتی ہے۔ جتنی ہوا کی مسلسل ہچکیاں میری بے چارگی کو صرف وہ ستارہ سمجھ سکتا ہے جو افقِ بعید سے بھی پرے اس حسرت میں جھلملا تا رہتا ہے کہ اس کی تابانی کو کوئی نگاہ دیکھے اور ہمیشہ کے لئے خیرہ ہو جائے۔

ہر روز کی طرح آج بھی میں بہت سی غلط عبارتوں کو پڑھ کر تھک چکا ہوں جن کا ماحصل روپیہ ہے اور میری آنکھیں ان دوپایوں کو دیکھ کر پتھرا گئی ہیں جو زندگی کے رتھ میں روپیوں کے پہیئے ڈال کر خدا سے ملنے چلے جا رہے ہیں۔ سرِ شام سے

میں بستر پر لیٹا ہوا ہوں اور میری روح میلے کپڑوں کے ساتھ الگنی پر لٹکی ہوئی ہے۔ صبر و سکون کے بجائے یہ لمحات میرے لئے اور بھی جان لیوا ہو جاتے ہیں۔ معلوم ہوتا ہے کہ میری زندگی ایک تشنۂ آب اندھے کنوئیں کی طرح ہے جس میں مشاہدات کے کنکر گرتے ہیں تو "میں" کی صدائے بازگشت آسمان پر حلقے بنانے لگتی ہے۔

کئی روز سے سر میں گرانی سی ہے۔ درد تو نہیں ہے لیکن جیسے پارہ کا ایک ایک قطرہ کوئی میرے دماغ پر ٹپکا رہا ہے یا ناخن سے آہستہ آہستہ اسے ٹھوکے دے رہا ہے۔ آج پتہ چلا کہ اس گرانباری کی وجہ کیا ہے۔ میرے کمرے کے سامنے ایک دیسی ہوٹل ہے جس کے تنور میں صبح سے شام تک خمیری روٹیاں سینکی جاتی ہیں۔ نان بائی کے ہاتھ اتنے جنچے ہوئے ہیں کہ وہ گندھے ہوئے آٹے کی ایک خاص مقدار نوچتا ہے اسے توے پر ایک خاص تال کے ساتھ بجا کر پھر ایک دھماکے کے ساتھ تنور میں تھوپ دیتا ہے۔ آٹے کے گولے پر پہلے تین تھپکیاں زور سے اور پھر ایک دھیرے سے، دن میں سترہ سو ساٹھ مرتبہ یہی ڈفلی بجا کرتی ہے اور اب یہ بھیانک راگ پیارو قوال کی نعت کی طرح میرے دماغ کے سونے آسمان میں کڑھتا رہتا ہے۔

شام کو پڑوس کی مسجد سے نکل کر نمازی ثواب کی خانہ پری کے لئے بھٹیار خانہ کے آگے فقیروں کو روٹیاں بانٹا کرتے ہیں۔ اور ثواب و افلاس کی اس کشاکش میں راہ چلنا دشوار ہو جاتا ہے، کل میرے ساتھ ایک عبرت ناک واقعہ پیش آیا۔ جب میں راہ گیروں کے دھکوں سے پتلون کی کریز بچاتا ہوا ہوٹل کے آگے سے گزر رہا

تھا تو ایک فقیر نے میرا بازو تھام لیا۔ میری رگِ شرافت پھڑک اٹھی اور میں اسے جھڑکنے والا ہی تھا کہ ششدر رہ گیا۔ اس کے ہاتھوں کو لقوہ مار گیا تھا اور وہ گھاس کی طرح تھر تھرا رہے تھے۔ اس کی بغل میں روٹی کے ٹکڑے دبے ہوئے تھے لیکن اتنی سکت نہ تھی کہ خود انہیں کھا سکتا۔ ناک سے رینٹھ بہہ کر داڑھی مونچھ کے بالوں میں لپٹ گئی تھی۔ کیا انسان اتنا بھی بے بس ہو سکتا ہے؟ وہ صرف یہ چاہتا تھا کہ اس کی روٹیاں کوئی اسے کھلا دے۔ جب میں اس کے منہ میں نوالے ڈالنے لگا تو وہ درندوں کی طرح بلبلا کر بغیر چبائے انہیں نگلنے لگا اور اس کی آنکھوں کے آنسو میری انگلیوں پر ٹپکنے لگے۔ وہ انسان تھا اور انسانیت کے ساز سے ہم آہنگ ہو سکتا تھا۔ میرے کچھ ملاقاتی مسجد کی سیڑھیوں پر کھڑے ہو کر حیرت و حقارت سے مجھ پر ہنس رہے تھے۔ آہ یہ قدرت اور اس کے بے حس، بیدرد دوٹنگے جانور۔

۱۶ جولائی

آج سیٹھ۔ نے میرے شدید احتجاج کے باوجود مولود شریف کر ہی ڈالا۔ میں بھی روشنی بجھا کر برآمدے میں آرام کرسی ڈال کر بیٹھوں گا اور دور ہی سے لذت آشنا ہوں گا۔ فکر ثواب کو میں نے ایک مدت دراز کے لئے طاق نسیاں کے سپرد کر دیا ہے۔ اس لئے زندگی کے اوقات کو امن و امان سے گزار سکتا ہوں۔

چندن چوک سے پرے ایک مولوی اس آواز سے جو خلافِ معمول آج چکنی چپڑی ہو گئی ہے، جھوم جھوم کر مولود پڑ رہا ہے۔ بیچ بیچ میں سامعین کو درود شریف پڑھنے کی ہدایت دے کر خود چائے پینے لگتا ہے اس کے روبرو ایک جریب زمین کا حلقہ کئے جو حاجی جی بیٹھے ہیں، وہ آج ہی ریس کورس کا وارا نیارا کر چکے ہیں اور ان

وکیل صاحب نے آج ہی ایک سود خوار کی پیروی میں کئی گاڑی بانوں پر قرقی کا وارنٹ نکالا ہے۔ ان کی آنکھیں اشک بار ہیں، شاید فرطِ الوہیت میں۔ گو کہ ان کے پاس کچھ غیر مقلد بیٹھے یہ سرگوشیاں کر رہے ہیں کہ رتوندھی کی وجہ سے یہ آنکھیں ہمیشہ بسورتی ہی رہتی ہیں۔ ان سب کے چہرے بقعۂ نور ہیں اور وہ ہمہ تن تجلی زار بنے ہوئے ہیں۔ شیرینی کے لالچ میں فقیر اور قلی اس مجمع کے عقب میں شامل ہو گئے ہیں اور بآ بانگ دہل یا نبی سلام علیک کا ورد کر رہے ہیں۔ ایک لمحہ کے لئے ان کے چہرے بھی اطمینان اور مسرت سے دمک رہے ہیں، کیوں نہیں وہ اس امتیاز کو سمجھتے جو ان کے اور اس سیٹھ کے مابین ہے۔ کیوں نہیں وہ خوانچہ والا اس ڈاکٹر کا شانہ ہلا تا جو اب سراپا جائے نماز ہو رہا ہے لیکن جس نے اس کے جاں بلب بچے کو صرف اس وجہ سے دیکھنے سے انکار کر دیا تھا کہ وہ فیس میں چار روپے نہیں دے سکتا تھا۔ وہ قلی جن کی کمائی کا ایک حصہ پولیس کا یہ حوالدار چھین لیتا ہے۔ کیوں نہیں اس کے منہ پر ہاتھ رکھ دیتے جو یوں گلا پھاڑ کر چیخ رہا ہے گویا جنت کی کنجی خود اسی کے ہاتھ میں ہے۔

بندے اور بندہ نواز ایک صف میں کھڑے ہوئے ہیں لیکن میں ان کے فرق کو صاف دیکھ رہا ہوں۔ مگر مجھ سے زیادہ تر ان رنج گروں کو اس تمیز کا احساس ہونا چاہئے تھا لیکن نہیں وہ کچھ نہیں سمجھتے۔ قسمت کے جادو نے ان سب کی آنکھوں پر پردے ڈال دیئے ہیں۔

قسمت! قسمت! قسمت! دن میں کتنی مرتبہ یہ بے معنی لفظ میرے کانوں سے ٹکرایا کرتا ہے۔ غریب اس لئے بھوکا مرتا ہے کہ یہ اس کی قسمت ہے۔ امیر اس

لئے عیش کرتا ہے کہ یہ اس کا نصیب ہے غریب اس لئے عبادت کرتا ہے کہ یہ اس کی قسمت ہے، امیر اس لئے گناہ کرتا ہے کہ یہ اس کا نصیب ہے! واہ ری قسمت اور واہ ری تیری شعبدہ گری!

۲۷ جولائی

مر گیا! وہ خبیث مالک مکان آخر مر ہی گیا۔ آگر ہنگامہ کا خوف نہ ہوتا تو میں ضرور اس کے دروازے پر نوبت بجواتا۔

آج اس مکان کا ہر ذرہ مسرور و مطمئن ہے۔ صبح سویرے نیم کے پیڑ پر دو مرغ خوش الحان بیٹھے گاندھی جی اور گاندھی بھاگو، کا تکراری گیت گا رہے ہیں۔ اب ہر قسم کی موسیقی میں یہی دو گتیں سنائی دیتی ہیں۔

وہ اپنے خون، تھوک اور پیپ میں شرابور چوکھٹ پر مرا پڑا ہے، اب تک ایسی روح فرسا موت نظروں سے نہ گزری تھی کہ ہر آدمی اس کی ناپاک لاش کو دیکھ دیکھ کر مسکرا رہا تھا۔ اس نے مرتے دم تک کسی معالج کو نہ بلایا کہ روپے دینے ہوں گے۔ آخری سانس تک اسے کسی تیماردار کی منت کشی منظور نہ تھی۔ مبادا کچھ خرچ کرنا ہو گا۔ اس نے اپنی بیوہ بہن کو ایک کانی کوڑی تک دینے سے انکار کر دیا۔ وہ اس کی آنکھوں کے سامنے طوائف کا پیشہ کرنے لگی مگر اس پر کوئی اثر نہ ہوا۔ اس کا اکلوتا بیٹا پان کی دکان کرنے لگا لیکن اس کا دل نہ پسیجا اور انجام کار وہ آج مر گیا اور اس کی تمام دولت کا عرق پلا کر بھی کوئی اسے زندہ نہیں کر سکتا۔

لوگ نیلام ہونے والے لاوارث گھوڑے کے ایال، کھر اور پٹھوں کی طرح اس اتری ہوئی کینچلی کے ثواب و عذاب اور روپیوں پیسوں کا حساب لگانے لگے اور

سگریٹ کی پھونک اور پان کی پیک کے ساتھ اسے خدا اور اس کے جہنم کے حوالے کر کے رخصت ہو گئے۔ اس لاش کے سرہانے گھڑی کے کانٹے وقت کو اپنی پیٹھ پر بٹھا کر سرعت سے عدم کی طرف بھاگ رہے ہیں۔ ہر منزل پر وہ ایک لمحہ کے لئے رکتے ہیں اور ابدیت کے دروازے پر دستک دے کر پھر اپنے نامعلوم راستہ کی طرف بے تحاشہ بھاگنے لگتے ہیں۔ اس کی متعفن لاش کو مچھر بھی نہیں چھونا چاہتے۔ اس کے خون میں اپنے ڈنک ڈوب کر وہ تڑپنے لگتے ہیں۔

اس خوشی میں کل میں اپنے دوستوں کو چائے پر بلاؤں گا۔

۱۴ اگست

پھر ریل کا سفر! میں ڈرائنگ ماسٹر کے پرکار یا پٹواری کی جریب کی طرح ہمیشہ گردش میں ہوں۔ میں کہاں جا رہا ہوں؟ معلوم نہیں! کیوں جا رہا ہوں؟ نہیں جانتا! ایک کشش ہے جو بے بس مجھے اس شہر خموشاں کی طرف لئے جا رہی ہے۔ گاڑی کی قرات کی ایک لے ہے۔ چلا چل چلا چل۔

ریل کے ڈبہ کے تقدس کی کچھ انتہا ہے! ہمارے ملک میں یہی ایک جگہ ہے جہاں ذات پات کی قیود ٹوٹتی ہیں، یہیں ہندو مسلم اتحاد کی بیل قومیت کے منڈھے چڑھتی ہے، یہیں جنسی مساوات کا علم بلند ہوتا ہے، یہیں برقعے اترتے ہیں، یہیں گھونگھٹ اٹھتے ہیں، یہیں دیسی رومان کا آغاز ہوتا ہے۔

صلوۃ بر دیسی ریل!!

پورے ۲۴ گھنٹے گزر گئے اور چٹیل میدانوں کو تاکتے تاکتے آنکھیں آ گئیں۔ میدان مولوی کے سر کی طرح سپاٹ ہیں، درخت اس کے جذبات کی طرح خشک

ہیں، ندیاں اس کے احساس کی طرح بے آب ہیں، پشاور سے لے کر کلکتہ اور کلکتہ سے لے کر کراچی تک بے برگ و شجر میدانوں کے سوا کہیں کچھ نہیں۔ بورڈنگ کی زندگی کی طرح یک رنگ و یکساں مٹی کے تودوں کا انبار، ہندوستان جنت نشان کی جمال آفرینی پر نکتہ چیں ہے۔

ماں کا پیٹ، چھوٹے سے پیمانے پر ریل کا ڈبہ ہی ہے۔ بھائی بہن مسافروں کی طرح کچھ وقت کے لئے اس میں جمع ہوتے ہیں اور پھر اپنے اپنے اسٹیشن پر اتر کر ہنگامۂ ہستی میں گم ہو جاتے ہیں۔

مادر ہند کے اس مختصر سے ایڈیشن میں ہر چیز اپنی جگہ پر دلچسپ ہے۔ دو صاحب بڑی سنجیدگی سے اس مسئلہ پر بحث کر رہے ہیں کہ بنگال کلکتہ کا دارالسلطنت ہے یا کلکتہ بنگال کا! ایک بوہرا تکیہ کے غلاف میں روپیوں کی تھیلی بھر کر اسے سرہانے رکھے ہوئے اسم اعظم پڑھ رہا ہے، ایک سردار جی طرح طرح سے منہ بنا کر اس تیزی سے منتر جپ رہے ہیں۔ گویا ان کے نام خدا گنج کا پروانہ آچکا، اور لالہ جی کا سپوت انہیں دیکھ کر زار و قطار رو رہا ہے۔ للائن نے اپنے "تھن" اس کے منہ سے لگا دیئے لیکن اسے چپ نہ ہونا تھا، وہ بدستور روتا ہی رہا۔ تنگ آکر ماں نے اسے ڈرانے کے لئے میری طرف اشارہ کر کے کہا، "پیتا ہے تو پی ورنہ ان بابو جی کو دے دوں گی!" کیا میں اتنا بھوکا معلوم ہونے لگا ہوں؟

۵ ستمبر

میں اپنے نئے مکان میں اٹھ آیا ہوں۔ ایک ہفتہ کے اندر میرا کمرہ خاک و گرد میں اٹ گیا ہے گویا کسی شاعر کی خوابگاہ میں اس کا دل جل کر خاکستر ہو گیا ہو۔

گناہوں کے بارے میں دبے ہوئے بڑھاپے کی طرح میرا پلنگ جھلنگا ہو گیا ہے۔

نہیں مانتے، لوگ کسی طرح نہیں مانتے۔ سلام علیکم، اور مزاج شریف سے ناک میں دم آ گیا ہے، کہتے کہتے تھک گیا کہ بابا سلامتی کی ضرورت نہیں ہے اور مزاج بہت خراب ہیں لیکن یہ ہیں کہ کسی طرح نہیں مانتے۔

آج ٹھاکر سے ملاقات ہوئی۔ بڑے قوم پرست اور روح پرور بزرگ ہیں۔ معلوم ہوتا ہے کہ ان کی روح بھی کھدر پوش ہو گی۔ اپنی نگرانی میں مکان کی مرمت کرا رہے ہیں۔ صبح سے شام تک بیٹھک میں ڈٹے ہوئے موٹی عینک کے اندر سے مزدوروں کی کارگزاری کا جائزہ لیا کرتے ہیں۔ آج کئی کسان بقایا ادا کرنے کے لئے زمینداری سے آئے ہیں۔ مجھے دیکھتے ہی بڑی گرمجوشی سے بغل گیر ہوئے اور مسند پر بٹھالیا اس کے بعد روح و مادہ کا تنازعہ شروع ہو گیا۔ اگر نپولین اور حیدر علی بیک وقت کئی کام انجام دے سکتے تھے تو یہ حضرت کم از کم کسان، مزدور اور روح کو تو ایک ساتھ بنٹا سکتے ہیں۔

ٹھاکر صاحب: جی ہاں، آپ جیسے متعصب مادہ پرست کبیر داس کو نہ سمجھ سکیں تو عجب نہیں۔ کہتے تو سہی کایا کو مایا، نہ کہیں تو ارے بیساکھو، کمبخت ڈیڑھ گھنٹہ دیر سے آ رہا ہے؟ بچہ کو اسپتال لے گیا تھا تو بھائی کیا ہم نے اسے پیدا کیا ہے؟ منشی جی آج کی مزدوری کاٹ لیجئے گا۔ جی ہاں مولانا روم نے بھی مثنوی شریف میں ایک ہم معنی شعر لکھا ہے۔ صاحب عدم تشدد کے اصول پر ٹھنڈے دل سے غور کیجئے۔ یہیں تو انسان و بہائم کا اصل فرق ظاہر ہوتا ہے جسے آپ زندہ نہیں کر سکتے اسے مارنے کا حق۔ سنو جی بودہ رام تمہارے ذمہ جو پچھلے سال کا سولہ روپیہ تھا وہ سود

وغیرہ ملا کر ۳۳روپے سوا دس آنہ ہو گیا ہے۔ اگر ۳۳روپے ابھی جمع کر دو تو ہم سوا دس آنہ معاف کر دیں گے۔ کیا کہا؟ زمین رہن رکھ کر۔ ایں، تو ہم پر کیا احسان کیا! ماں کی تجہیز و تکفین۔۔۔نہ کھاؤ سر ہمارا۔۔۔جی ہاں یہی تو وہ جرمنی والے مولانا بھی کہتے ہیں۔

مرا سر چکرانے لگا، میں بیک بینی و دو گوش نو کدم وہاں سے بھاگ نکلا۔ روح کے ساتھ کسانوں کے مصائب اور عدم تشدد کے ساتھ سرمایہ داروں کے مظالم میں مجھے کوئی خاص ارتباط نظر آنے لگا۔

۱۵ستمبر

میری داخلی دنیا میں عرصہ سے ایک ہنگامہ برپا ہے اور ماحول و شخصیت کا یہ تنازعہ روز بروز بڑھتا جاتا ہے۔ خودی کا احساس مجھے اپنی بے چارگی کا شار بنا رہا ہے۔

آج بھی وہ آئی اور چلی گئی۔ اس کے لرزہ تبسم سے میرے گھر کے چراغ جلتے بجھتے رہتے ہیں۔ جب وہ دل کی کنڈی ہلا کر ایک ریشمی دوپٹے کی طرح لہرا کر آنکھوں سے اوجھل ہو جاتی ہے تو میرے محبوب کامنی کے پھول ٹوٹ ٹوٹ کر شبنم کے قطروں سے لپٹ جاتے ہیں۔

ہر روز کی طرح آج بھی وہ زندگی کی سیاہی کو تاریک تر بنا کر شب کے اندھیرے میں گھل مل گئی۔ میں نے باہر نکل کر دیکھا کہ جس جگہ کھڑا ہوں وہاں تک ایک راستہ ماضی کی موت سے نکل کر آتا ہے اور دوسرا رستہ یہاں سے شروع ہو کر مستقبل کی منزلوں سے گزرتا ہوا موت کے دروازے پر غائب از چشم ہو گیا ہے۔ ان دونوں کے درمیان میں تاریخ کی مسولی پر تھرتھرائی ہوئی انسانیت کی

طرح پیکر تصویر بنا کھڑا ہوں۔ یکایک ایک بادل کراہام ہوا میرے قدموں پر گر پڑا۔ درخت حال زدہ صوفیوں کی طرح سر دھنے لگے، کتے بھونکنے لگے، چوکیدار بڑے چوروں سے چھوٹے چوروں کی غمازی کرنے لگے اور موذن نے مجھے یاد دلایا کہ "خدا بڑا ہے! خدا بڑا ہے! خدا بڑا ہے!"

جب میں اس سورش سے پناہ لینے کے لئے کمرے میں جا بیٹھا تو ایک اختلاج کا دورہ شروع ہو گیا، ہاتھ تھرانے لگے، دل پنکھے کی طرح گھومنے لگا۔ کانوں میں سنسناہٹ ہونے لگی۔ چہرہ خون کی حدت سے سرخ ہو گیا۔ سراسیمگی کی اس کیفیت میں یہ معلوم ہونے لگا کہ درخت روئی کے گالوں کی طرح ہوا میں اڑ رہے ہیں، پہاڑ شریر بچوں کی طرح کھڑکی سے جھانک کر منہ چڑا رہے ہیں اور فرشتے اپنے پروں سے بسکٹ توڑ کر منہ میں بھر رہے ہیں۔ اور اسی وحشت میں یہ گمان ہوا کہ حضرت میکائیل پرو وائس چانسلر سے معانقہ کر رہے ہیں، اور دونوں میں اس مسئلہ پر بحث ہو رہی ہے کہ اسے جنت سے نکال کر یونیورسٹی روانہ کر دیں یا یونیورسٹی سے نکال کر جنت بھیج دیں۔ ایسا دورہ کبھی نہ ہوا تھا۔ ہاتھ پاؤں نڈھال ہونے لگے اور غش طاری ہو گیا۔

۳۰ ستمبر

کیا انسان روٹی کمانے اور کھانے والے جانور کے سوا کچھ نہیں۔ کیا یہی اس لفظ کی آخری تفسیر ہے؟ اگر کام کرنے اور زندہ رہنے میں کوئی فرق نہیں تو میں ہرگز کام نہ کروں گا۔ کیوں نہ ان پرندوں کے ترانوں اور ستاروں کے نغموں کو سنتا ہوا، دوب پر خاموش پڑا رہوں۔ اس وقت تک جب تک کہ میرا جسم سڑ کر اس زمین میں مل

جائے اور اسی جگہ سے ایک شجر گندم پیدا ہو جو تنہا قیامت کے ہیولے میں لہلہاتا رہے اور پھر ایک آدم آئے، خدا کی نافرمانی کر کے دوبارہ اس شجر ممنوعہ کے پھل کو چکھے اور جہانِ نو کی بنا ڈالے۔ اگر میں اس دنیا کے لئے مد فضول ہوں تو وہ بھی میرے نزدیک کتاب کائنات کے غلط نامے سے زیادہ حیثیت نہیں رکھتی۔

آج کئی دلچسپ واقعات نظر سے گزرے جس جگہ مولوی صاحب تفسیر پڑھا رہے تھے، وہیں کسی بھکاری کے بچے گٹر سے پڑے سڑے ہوئے امرود نکال کر کھا رہے تھے۔ شہر میں ایک بنیا سانڈوں کو مٹھائی کھلا رہا تھا اور جب کسی فاقہ زدہ نے اس تھال کو اپنی طرف سر کا لیا تو اس کے منہ پر پے در پے کئی طمانچے پڑ گئے، لیکن بھاگتے بھاگتے بھی وہ ان ٹکڑوں کو اٹھا ہی لے گیا جو اس چھینا جھپٹی میں نالی میں گر پڑے تھے۔ وہ اس روائتی کتے سے زیادہ چالاک تھا جو نقش بر آب روٹی کی طرف لپکا اور اپنی جمع بھی گنوا آیا۔ سامنے کے مندر میں بنئے کا خدا ایک شہ نشین پر بیٹھا یہ تماشا دیکھ رہا تھا۔

کون سی وہ تین چیزیں ہیں جو مجھے قدرت کی خوش مذاقی کا قائل بنانے لگی ہیں؟ سمندر عورت اور ٹو میٹو! ایک وسیع ہے، دوسری عمیق ہے، تیسرا من سلویٰ ہے۔ او ٹو میٹو پیدا کرنے والے، اگر تو میرے باغ کو ٹو یٹو زار، بنادے تو میں ہمیشہ کے لئے اطاعت گزار ہو جاؤں۔

۱۶ اکتوبر

یہ ماحول کس قدر زہریلا ہے! اس میں میرا دم گھٹ رہا ہے، اس آتشکدے میں میرا جسم ہی نہیں، میری روح تک جل کر خاک سیاہ ہو رہی ہے۔ ان گوبریلوں

میں جگنو کی طرح کبھی جلتا ہوں اور کبھی بجھتا ہوں، اب بھی موقع ہے، کیوں نہ تنگ و تاریک باؤلی سے نکل کر اس بہتے ہوئے دریا میں کود پڑوں جو قید و بند سے آزاد اور سمت و ساحل سے بے خبر ہو کر تحت الثریٰ سے نکل کر آسمان کی طرف بہہ رہا ہے اور یا کیوں نہ میں اپنا پلنگ اس پہاڑ کی چوٹی پر بچھا کر دم بھر آرام کروں۔

مجھے خوش ہونا چاہیئے تھا کہ اپنی بے راہ روی پر حاوی ہو گیا۔ لیکن نہیں آہ اپنے فیصلہ پر میں آپ غمزدہ اور ماتم کناں ہوں۔

اس نے کہا کہ تو چلا جا، لیکن میں تیرا انتظار کروں گی! اس نے کہا کہ جب تو ہر رستہ پر چل کر تھک جائے گا اور ہر اس و مایوسی سے بیدم ہو جائے گا تو دل کی راہ کی طرف بھی ایک نظر دیکھ لینا تجھے ایک چراغ نظر آئے گا۔ جس کی شعاعیں طوفان کے تھپیڑوں سے سر نکال کر تیری رہبری کریں گی اور یہ محبت کا چراغ ہو گا۔

کیونکہ اس نے میری زندگی کی رو کو بدل دیا؟ کیوں اس نے نفرت کے اس سیہ کرہ میں الفت کی جوت جگادی کل تک اس دل کی دنیا میں سونا پن تھا۔ وہ دنیا جس کا ہر ذرہ آگ سے بنا تھا۔ ایک ایسا آسمان جس میں ستاروں کی جگہ بجلیاں جھلملایا کرتی تھیں۔ کیوں اس نے اس آگ کو کریدا، کیوں اس نے اس زندگی سے محبت پیدا کر دی، کیوں اس نے اس فریب میں مجھے مبتلا کر دیا۔ محبت کا فریب! کیوں آہ، ایسا کیوں ہوا؟

کل تک میں اپنے متعلق کچھ نہ سوچتا تھا۔ تنکے کی طرح حالات کے بہاؤ میں بہا چلا جاتا تھا۔ کیوں اس نے راہ روک کر پوچھ لیا کہ او خود فراموش، او خواب گر، کیا تو ہمیں نہیں پہچانتا؟ اور مجھے یہ محسوس ہوا کہ یہ وہی آواز ہے جو روزازل سنی تھی۔

چشم زدن میں کائنات کا ہر ذرہ ایک دوسرے کا شانہ ہلا کر پوچھنے لگا کیا تو ہمارا آشنا نہیں ہے۔ روح کے خلا اور مادہ کے ہیولے سے صرف ایک صدا سنائی دینے لگی۔ کیا تو ہمیں نہیں پہچانتا؟

۱۰ فروری

اس بیمار کی طرح جسے مرتے مرتے مسیحا نے زندگی عطا کی اور جب وہ زندہ ہونے لگا تو اپنا دامن چھڑا کر چلا گیا، اس نے مجھے وہاں لاکر گرادیا ہے جہاں حیات و ممات کی سرحدیں ملتی ہیں۔ جہاں ظاہر میں ہی نہیں عالم باطن میں بھی غضب کا اکیلا پن ہے۔ قلم ہاتھوں سے چھوٹ رہا ہے اور نبض کی ہر چیک اور دل کی ہر دھڑک دم واپسیں کی صدائے بازگشت معلوم ہوتی ہے۔

لیکن میں بھی اپنی دنیا بنا سکتا ہوں۔ جب ہر طرف اندھیرا ہوگا تو آسمان میرے لئے نورانی محفل سجائے گا۔ کبھی اس شجر بے برگ میں بھی شگوفے آئیں گے۔ یہ بجھی ہوئی بجلی پھر چمکے گی۔ کملایا ہوا پھول پھر کھلے گا، ابھی نہ زندگی ہے اور نہ موت۔ بے کاری ہے، بے حرکتی ہے، بے حسی ہے لیکن کیا وہ دن کبھی نہ آئے گا، جب اگر میری زندگی موت پیدا کرے گی تو موت زندگی کا تانا بانا بننے لگے گی؟

٭٭٭

۹

جسم کی پکار

اسلم کی آنکھ دیر سے کھل چکی تھی لیکن وہ دم سادھے ہوئے بستر پر پڑا رہا۔ کمرے کے اندر بھی اتنا اندھیرا نہ تھا جتنا کہ باہر۔ کیوں کہ دنیا کہاسہ کے کافوری کفن میں لپٹی ہوئی تھی تاہم اکا دکا کوے کی چیخ پکار اور برف پر رینگتی ہوئی گاڑیوں کی مسوسی ہوئی آواز اسے جتلا رہی تھی کہ سویرا ہو گیا۔

وہ چپ پڑا رہا۔ مبادا اس کے آغوش میں سوئی ہوئی بے خبر عورت جاگ نہ جائے۔ دھندلکے میں وہ اس کے مرمریں جسم کی نزاکتوں کو دیر تک دیکھتا رہا۔

یہ جسم جو آج تک اس کے لیے راز سربستہ رہا اور ہمیشہ رہے گا۔ وہ اس کے قریب ہوتے ہوئے بھی بہت دور تھا اور یہ دوری کبھی عبور نہ ہو سکے گی کیونکہ یہ ان کی آخری ملاقات تھی۔ شام کو وہ اس شہر سے رخصت ہو جائے گا۔ شاید ہمیشہ کے لیے۔ زمان و مکان ان دونوں کے درمیان سات سمندروں اور نہ جانے کتنے سالوں کی دیواریں کھڑی کر دیں گے اور آہنی نقاب اتنی ہی حوصلہ شکن ہو گی جتنی ان دونوں کے جوان جسموں کی دُوری۔

اسلم کا دماغ پھر اسی حیرت میں اور دل اسی وسوسہ میں مبتلا ہو گیا جن کی ادھیڑ

بن میں وہ مہینوں سے گرفتار تھا۔ پہلی ہی ملاقات میں اس نے اپنی روح کو اس عورت کی روح سے ہم آہنگ پایا تھا۔ اس کا آوارہ تخیل دونوں روحوں کو رقص گاہوں میں سیر کناں پاتا تھا۔ دونوں کے دلوں کا احساس ایک تھا اور دونوں کے دماغ ایک دوسرے کے ہمدم لیکن ان کے اجسام ان مچھلیوں کی طرح تھے جو ایک حوض میں تیرتی ہوئی بھی الگ الگ تڑپتی رہتی ہیں اور ایک دوسرے سے آشنا نہیں ہوتیں۔

اکثر دونوں جسم ایک دوسرے کو پکارتے تھے ان کے دل زور سے دھڑکتے ان کے سانس پھول جاتے۔ رگوں میں ارتعاش پیدا ہو جاتا۔ لہو رقص کرتا ہاتھ مچلتے حسرت سے ایک دوسرے کو بھینچتے اور نوچتے لیکن یک بیک ان کے کھلے ہوئے آغوش بند ہو جاتے۔ عورت کے جسم سے کوئی راز ٹھنڈے پانی کی طرح ٹپکتا اور جسم کی پکار کو سرد کر دیتا۔

کتنی راتیں انہوں نے اسی طرح بسر کی تھیں۔ اس کلفت کے باوجود انہیں ایک دوسرے کی قربت عزیز تھی۔ جب اپنی ناکام کاوشوں کے بعد اسلم کا جسم تھک چکتا تو وہ چپ چاپ اپنی محبوبہ کے خوابیدہ سینے کے اتار چڑھاؤ کو محسوس کرتا اور اس عجیب و غریب محبت کی نوعیت کو سمجھنے سے اپنے آپ کو قاصر پاتا۔

ایسا نہیں تھا کہ عورت کی نسلی تحت الشعور کو اس کے انجان جسم سے جھجک ہو۔ اسلم کی گردن پر وہ بوسہ اب تک دہک رہا تھا۔ جو پہلی صحبت شبانہ میں ثبت ہوا تھا۔ اور اس کی ہر ہر رگ عورت کے سیمیں بازوؤں کے شکنجہ میں کسی ہوئی تھی۔ ایسا بھی نہیں کہ عورت کی خواہش مردہ ہو چکی ہو۔ وہ ایک تندرست حیوان کی طرح

جوانی کے رس میں ڈوبی ہوئی تھی۔

پھر یہ کیا چیز تھی۔ اس نے کتنی بار امیلیا سے پوچھا تھا کہ ان کی زندگی کا وہ تیسرا اور نہ معلوم عنصر کیا تھا۔ یہ سوال منہ سے نکلتے ہی امیلیا کو ہنستا ہوا چہرہ اداس ہو جاتا، اور وہ بات ٹال جاتی اور کبھی جھوٹ موٹ افلاطونی دلائل سے یہ ثابت کرنے کی کوشش کرتی کہ اسلم کی محبت ابھی خام ہے کیونکہ اس کا مدار شہوت پر ہے۔

اسلم دل میں بہت جزبز ہوتا۔ حوا کی بیٹیوں سے وہ اتنا واقف تو نہ تھا۔ کیا اس نے یورپ کی گلیوں میں اپنی جوانی کو دونوں ہاتھوں سے نہیں لٹایا تھا؟ کیا وہ یہ نہیں جانتا تھا کہ توپوں اور طیاروں کی گھن گرج میں اگر کوئی آوار سنائی دیتی ہے تو وہ جوان جسموں کا بے آواز کورس ہے۔ اس کی اپنی روح کو کتنی عورتوں کی مسکراہٹوں اور آنسوؤں نے داغ دار کیا تھا۔ اور اب وہ ایسی چھلنی ہو چکی تھی کہ اس میں بڑے بڑے سنگریزے بھی نہیں رک سکتے تھے۔

کتنی بار امیلیا کے اس لاینحل رویہ نے اسلم کو بیزار کیا اور وہ اسے جھڑک کر غصہ کی حالت میں کسی رقص گاہ یا شراب خانہ میں جا بیٹھا۔ عورتوں کے جھوٹے پیار اور شراب کے جھوٹے نشہ سے اس نے اپنی بے قراری اور بیزاری کو سکون دینا چاہا لیکن جب کبھی رات بیتے وہ اپنے کمرے میں داخل ہوا اس نے امیلیا کو اپنے بستر پر لیٹا ہوا پایا۔ اس کی آنکھوں میں ملامت کا شائبہ بھی نہیں ہوتا بلکہ ایک ایسی خاموش التجاء ہوتی کہ اسلم شرم سے عرق عرق ہو جاتا۔ اور اپنی نفس پرستی پر اسے غصہ آنے لگتا۔

اسلم کی حیرانی کی انتہا نہ رہی تھی اس نے بازار کی ان کثافتوں کو محض اس

لیے چھوا تھا کہ اس عورت سے انتقام لے۔ جیسے کوئی ضدی بچہ اپنی ماں کو دق کرنے کے لیے گندی نالی میں لوٹنے لگے لیکن امیلیا پر اس بے راہ روی کا کوئی اثر نہ ہوا تھا اور اس کی۔۔۔۔۔۔۔۔ پراسرار چتون میں کوئی فرق نہ آتا تھا۔

آج صبح کے دھندلکے میں لیٹے لیٹے اسلم یہ سب سوچتا رہا اور اس کے خود غرض جسم نے پھر پوچھا کہ اس محبت کا حاصل کیا تھا۔

ہولے ہولے اندھیرا چھنتا جاتا تھا۔ بادل اور کہاسہ کی غلافی تہوں کو چیر کر سورج کی مدھم روشنی فضا میں تیرنے لگی تھی۔ اسلم چپکے سے اٹھا اور لبادہ اوڑھ کر کھڑکی کے پاس آ کھڑا ہوا۔

یورپ میں آج اس کا آخری دن تھا۔ بفرض محال وہ دوبارہ اس سرزمین کو واپس بھی آیا تو وہ خود بھی بدل جائے گا اور یہ یورپ بھی نہ رہے گا۔ یہ اونچے اونچے مکان اور ان میں گنگناتی ہوئی رنگ رلیاں !! ان کا نشان تک باقی نہ رہے گا۔ اسلم کا دل بھر آیا اور اپنی روایتی سرد مہری کے باوجود وہ رو پڑا۔ اس نے اس یورپ سے نفرت کرنے کی کوشش کی تھی۔ اس کی دولت پرستی اور حیوانیت کو وہ دن میں کئی بار کوسا کرتا تھا۔ وہاں کی عورتوں نے اسلم کو لطف پہنچایا تھا لیکن اس کی عزت حاصل نہ کر سکی تھیں۔ یورپ کے قیام میں ہر روز اس کی روح کو زلزلہ کے سے جھٹکے لگتے تھے اور وہ جانتا تھا کہ اس رنگا رنگ سطح کے نیچے لاوے کا دریا بہہ رہا ہے جو جانے کس آن ابل پڑے۔ یورپ کے انتشار و اضطرار، ہیجان و ہنگامہ کی وجہ سمجھنے سے وہ قاصر تھا۔ اور اس کے اس سوال کا جواب کوئی نہ دے سکا تھا کہ یہ بھاگم بھاگ، یہ دھکم دھکا کس لیے؟ تیز دوڑنے سے آدمی اپنی بے چینی کو بھول سکتا ہے

لیکن اسے یوں سکون تو نہیں مل سکتا۔

پھر اس زندگی کا کون سا پہلو اسے عزیز تھا جس کی یاد میں وہ رو رہا تھا۔ جس طرح کسی پیارے کی قبر سے جدا ہوتے ہوئے کوئی بے اختیار رو پڑے۔

کیا وہ اس لیے رو رہا تھا کہ یورپ میں اسے اپنی غلامی کے احساس نے نہیں ستایا اور کسی نے اس کی خودداری کو جھٹکا نہیں لگایا۔ اور یا وہ اس لیے رو رہا تھا کہ واپس جا کر پھر اس پستی اور جہالت کی دنیا میں رہنا ہے، جہالت اور پستی اور اوہام کے دلدل میں جہاں جتنا ہاتھ پاؤں مارو، اتنا ہی پیچھے دھنستے جاؤ۔ اسلم نے دل ہی دل میں کہا معلوم نہیں، ان میں سے کون سی بات سچی ہے اور کون سی جھوٹ۔ لیکن میں شاید اس عورت کی جدائی سے ہراساں ہو رہا ہوں جس نے مجھے خوشی اور غم کی انتہا سے آشنا کیا اور اچانک یہ خیال بجلی کی طرح اسلم کے دل میں کوند گیا کہ اب تک کسی عورت نے اسے گہرا زخم نہیں دیا تھا۔ اداسی اور بے قراری ہاں، تردد اور پریشانی وہ بھی سہی۔ مگر غم، گہرا غم جو برف کے تودے کی طرح دماغ و دل پر مسلط ہو جاتا ہے اور ایک عمر تک بوند بوند ٹپک ٹپک کر انسان کے جوش عمل کو سرد کرتا رہتا ہے، وہ غم مجھے اس سوئی ہوئی عورت نے دیا ہے اور اب میں اس سے نجات حاصل نہیں کر سکتا۔

اس مسلسل کرب سے نجات حاصل کرنے کی امید موہوم لے کر اسلم اپنے دیس لوٹ رہا تھا۔ مہینوں وہ اسی روح فرسا کشمکش میں الجھا رہا تھا۔ کوہ آتش فشاں پر لرزتے ہوئے یورپ میں اس عورت کی خالی آغوش اور یا اپنا دیس جہاں جسمانی اور روحانی غلامی کے سوا اگر کچھ تھا تو ان قدیمی بندھنوں سے لڑنے کا جذبہ۔

باہر بیمار سی دھوپ پھیلنے لگی۔ پلنگ پر ہلکی سی سرسراہٹ سنائی دی اور کسی کی اداس آواز نے کہا "پیارے! یہاں آؤ"۔ اسلم آکر پلنگ پر بیٹھ گیا اور اس نے اپنے روئیں روئیں پر امیلیا کی نگاہوں کا بوسہ محسوس کیا۔

پھر وہ اٹھی اور جلدی سے لبادہ کا تسمہ لپیٹتے ہوئے بولی "تم بھی تیار ہو جاؤ۔ گاڑی تو چار بجے جاتی ہے نا؟ تمہارے ساتھ آخری بار ذرا سیر ہو جائے"۔

دونوں نے چپ چاپ منہ دھویا۔ کپڑے بدلے اور ہاتھ میں ہاتھ دیئے ہوئے سڑک پر نکل آئے۔

"آؤ باغ کی طرف چلیں۔۔۔ نہیں، باغ میں ان دنوں سوکھے پیڑوں کے سوا کیا ہو گا۔۔۔ خیر یونہی ٹہلیں۔ کسی جگہ جانا کیا ضرور ہے"۔

اور ہر گام پر انہیں اپنا ماضی یاد آیا۔ وہ خاموش تھے لیکن انہیں ساری پچھلی باتیں یاد آرہی تھیں۔ اس جگہ بارش سے بچنے کے لیے پیڑ کے نیچے کھڑے ہو گئے تھے۔ اسلم نے سگریٹ سلگانے کے لیے جیب سے ماچس نکالی وہ ہاتھ سے چھوٹ کر کیچڑ میں گر گئی اور اسلم بے جلا سگریٹ ہونٹوں میں دبائے ادھر ادھر دیکھنے لگا۔ ہمسایہ لڑکی نے اپنے بیگ سے ماچس نکال کر کہا "یہ لیجئے" یہ ان کی ملاقات کی ابتدا تھی۔

اور لو، اس نکڑ پر وہ پھول والی اب بھی کھڑی ہے۔ اس کی آنکھوں میں وہی شرارت ہے۔ کئی مہینے گزر گئے، دونوں اس کے پاس سے گزر رہے تھے۔ مالن نے سفید پھولوں کا گچھا ان کی طرف بڑھا کر کہا تھا "محبت کے پھول" دونوں ہنس پڑے۔ اسلم نے وہ گچھا لیا اور امیلیا کے بالوں میں ٹھونس دیا اس پر وہ شرما کر بولی "جانتے ہو آج کے دن یہ پھول عاشق اپنی محبوبہ کو دیتے ہیں"۔

"تو پھر مضائقہ کیا ہے ؟"

"لیکن ہم تو اس منزل سے گزر چکے ہیں۔ ہم دوست ہیں"۔

ان کے مرغوب کیفے کے سامنے وہی جانا پہچانا ملازم پیٹر اپنی سفید موچھوں کو تاؤ دیتا کھڑا ہے۔ ان دونوں کو دیکھتے ہی اس کا چہرہ کھل جاتا ہے۔ سلام کر کے وہ بے پوچھے ان کے لیے میز ٹھیک کرنے لگتا ہے اور اندر جا کر پکارتا ہے "موسے یندو کے لیے چائے"۔ روز یہی ہوتا ہے اور روز کی طرح دونوں ہنس پڑتے ہیں۔

چائے پیتے وقت بھی دونوں کچھ نہیں کہتے۔ یا تو جو کچھ انہیں کہنا تھا وہ سال بھر کی مدت میں کہہ سن چکے اور یا جو کچھ کہنا ہے اس کے بیان کا سلیقہ انہیں نہیں آتا۔

کیسی عجیب بات ہے کہ آج کے بعد ان پر جو بادل سایہ کریں گے ان کے رنگ مختلف ہوں گے۔ انہیں جو ہوا پنکھا جھلے گی اس کی لہک بھی الگ ہو گی اور اس وقت اسلم اپنے کو اس خیال سے باز نہ رکھ سکا کہ وہ دونوں ایک قالب کبھی نہیں ہوئے اور وہ یہ دعویٰ نہیں کر سکتا کہ جس واحد عورت نے اسے غم محبت دیا اسے وہ جانتا ہے۔

نہ وہ یہ چاہتی ہے کہ اسلم ہمیشہ یہیں رہے۔ بلکہ اس کے اصرار ہی نے اسلم کو اپنے وطن کی طرف منتقل کیا ہے۔ نہ وہ اسلم کے ساتھ جانا چاہتی ہے۔ وہ کہتی ہے کہ درخت کی طرح انسان بھی ایک خاص مٹی کا عادی ہوتا ہے اور اگر اس کی جڑ کھود دی جائے تو وہ مرجھا جاتا ہے۔

یہ خاموشی انہیں کھائے جاتی ہے۔ خاموشی کے دوران میں جسم کی پکار سنائی دیتی ہے جو ایک دھیمی سرگوشی سے شروع ہو کر اپنی لے کو بڑھاتی ہوئی ایک

دردناک چیخ میں مبدل ہو جاتی ہے۔ اسے بھولنے کے لیے وہ ادھر ادھر کی باتیں کرنے لگتے ہیں لیکن گفتگو کے موضوع کتنے بے معنی اور محدود ہیں۔ موسم کی اداسی، راہ چلتوں کی بے مقصد چلت پھرت اور چائے کی بدمزگی کے علاوہ وہ اور کوئی موضوع چھیڑتے ہوئے ڈرتے ہیں۔ اور حیرت کا مقام ہے کہ وہ جس شے سے ڈرتے ہیں وہ ان کا اپنا جسم ہے۔

اور وقت ہے کہ گزرتا چلا جاتا ہے۔ یا وقت نہیں بلکہ ہم خود گزرتے جاتے ہیں۔ گویا ہم پتنگوں کی طرح وقت کی جلتی ہوئی لو پہ گرتے ہیں اور فنا ہو جاتے ہیں۔

امیلیا کا بے جان جسم بدستور حرکت کرتا رہا لیکن ہر آن بیتتے ہوئے دن اسے آواز دیتے رہے۔ دوسرے صبح کو آئینہ کے سامنے بیٹھے بیٹھے وہ انتظار کرتی رہی کہ کسی کے جانے پہچانے ہاتھ اس کی آنکھوں کو بند کر لیں گے۔ چائے پیتے وقت وہ اس شکایت کی منتظر رہی کہ چائے بہت ہلکی ہے اور ریڈیو کی موسیقی اسے جانے والے کی طنزیہ تنقید کے بغیر بالکل بے رس معلوم ہوئی۔ آسمان کا نکھرا ہوا نیلا پن اسے کھائے جا رہا تھا۔ کون اسے اب کس دور دیس کے نیلے آکاش لمبے چوڑے میدانوں اور گھنے جنگلوں کے افسانے سنائے گا؟

اسے بند بند میں، رگ وپے میں ایک قسم کی کیمیائی تبدیلی کا احساس ہوا۔ اس کا ذہن جو یوں رسا تھا اب سوچنے سے انکار کرنے لگا۔ پپوٹے آپ ہی آپ آنکھوں پر ڈھلنے لگے۔ ہاتھ پاؤں یوں نڈھال ہو گئے گویا کسی بہت بڑی مہم سے واپس آئے ہیں۔ گویا وہ سال بھر سے بہت بڑا بوجھ اٹھائے چل رہی ہو اور یہ نیچے اترنے کی بجائے پاش پاش ہو کر اس کی ہستی میں محلول ہو گیا ہے۔ اور اب اس کی ہستی خود اس

کے لیے بار ہو گئی ہو۔

امیلیا سوچنے لگی کہ کیسی عجیب بات ہے، یہ کیسی محبت تھی جو گھن کی طرح ہم دونوں کی شخصیتوں کو چاٹنے لگی۔ ان دونوں کی باہمی کشش کا مقناطیس ممکن ہے وہی نوائے سوختہ ہو جو ان جسموں سے نکل کر کبھی غزل اور کبھی نوحہ گاتی ہے۔ لیکن شروع میں تو وہ یہ سمجھے ہوئے تھے کہ ان کی محبت کا مرکز دردِ انسانی ہے جو خودی کے بندھنوں کو توڑ کر ساری مظلوم انسانیت کا احاطہ کیے ہوئے ہے۔

امیلیا کے کانوں میں اسلم کی پرجوش تقریریں گونج اٹھیں۔ اس کی آتشیں تحریروں کے خیال سے اس کا بجھا ہوا دل دہک اٹھا۔ اسے یاد آیا کہ اول اول کسی بیکار یا بھکاری کو دیکھ کر اسلم کی آنکھوں سے کیسی چنگاریاں نکلا کرتی تھیں۔ کھاتے کھاتے ان کے تصور سے نوالہ اس کے گلے میں اٹکا کرتا تھا۔ اسپین ہو یا چین، ہندوستان ہو یا جاوا، اس کا دردمند دل سب کے دکھ کو یکساں سمجھتا تھا۔ امیلیا کو وہ دن یاد آیا جب اسپینی جمہوریوں کے جلوس میں وہ جھنڈا لیے چل رہا تھا اور پولیس اسے پکڑ کر حوالات لے گئی تھی۔ روتے روتے امیلیا کا برا حال ہو گیا تھا۔ لیکن اسلم نے اسے ڈانٹ کر کہا کہ تمہارے آنسو مجھے شرمندہ کر رہے ہیں۔ نسل و قوم یا رنگ و مذہب کے اوہام اسے چھو کر بھی نہ گئے تھے۔ اور وہ ان کی نوعیت کو سمجھنے سے اچھوتے بچوں کی طرح قاصر تھا۔

اس وقت تک امیلیا مرد کی محبت تو دور رہی اس کی شخصیت سے بھی ناواقف تھی۔ پہلی مرتبہ اس نے ایک ایسے مرد کو دیکھا جس میں آسمان کی سی وسعت تھی۔ اور جب وہ اس کے سائے تلے آ کر کھڑی ہوئی تو وہ اسی طرح متحیر ہو گئی جیسے

کہر آلود شمال کا انسان گرم ممالک کی دھوپ میں۔ مگر بہت جلد اس کی نسوانی جبلت نے بتلا دیا کہ یہ مرد عورت کے پیار کا پیاسا ہے۔ اس پیاس نے اسے بہت سے کنوئیں جھنکوائے ہیں اور اس پیاس کو بھولنے کے لیے اس نے خیالات اور تصورات کا ایک طلسم کھڑا کر لیا ہے۔ انسانی ہمدردی کا نقاب پہن کر یہ پیاس دزدیدہ نگاہوں سے ادھر ادھر کسی کو ڈھونڈ رہی ہے۔ امیلیا کو دیکھتے ہیں اسلم نے اپنی مشعل پھینک دی، نقاب اتار دی اور اس کے جسم کو اپنی گرفت میں لینا چاہا۔

یہ تگ و دو آہستہ آہستہ شروع ہوئی۔ اور پھر اس کی شدت بڑھ گئی۔ امیلیا کا دماغ جو ابھی جاگا تھا مبہوت ہو گیا لیکن ان نے جسم کو بے بس نہ ہونے دیا۔ امیلیا یہ کبھی نہ بھولی کہ اس مرد کے جذبات اس کے پاس امانت ہیں اور جب کبھی اس کے اپنے جسم نے جواب دینے کی کوشش کی، امیلیا نے اس کی آواز کو سختی سے کچل دیا۔

اس مرد میں وہ جو بگولوں کی سی دیوانگی تھی، امیلیا کو اسی سے محبت تھی اور وہ کسی قیمت پر اس دیوانگی کے سودے کے لیے تیار نہ تھی۔

اب چلتے پھرتے، سوتے جاگتے امیلیا سوچا کرتی ہے کہ اس کی یہ مزاحمت صحیح تھی یا غلط۔ دونوں کی زندگی تشنہ رہ گئی۔ دونوں شاید باقی عمر ماضی کا غم آگیں بار اٹھائے زندہ رہیں گے۔

لیکن اگر ایسا نہ ہوتا اگر وہ اپنے عاشق کے جسم کی پکار کو سن لیتی تو کیا ہوتا۔ ناشپاتی کے نازک پھولوں کو ہتھیلی پر مسلتے ہوئے امیلیا نے کہا کہ دو ہی باتیں ہو سکتی تھیں۔ دوسری عورتوں کی طرح وہ شاید مجھ سے بھی جلد دب جاتا اور یا لوہے کی طرح

میرے جسم کے مقناطیس سے چپک کر رہ جاتا۔ دونوں صورتوں میں اس کے خیال و عمل کی آگ بجھ جاتی اور ہم دونوں ایک دوسرے کو اس کا ذمہ دار قرار دیتے اور پھر ہماری محبت حال و مستقبل میں زندہ نہ رہتی۔ بلکہ ماضی میں مدفون ہوتی۔

اور اب امیلیا نے ہزارویں مرتبہ اپنے آپ سے پوچھا کہ اب کیا ہو گا اس لیے آج کیا کرتا ہو گا۔ ممکن ہے کہ وہ اپنی روح کے ریگستان میں کسی گم کردہ راہ کی طرح بھٹک رہا ہو اور یا وہ در صل کلو کساں اور نھتو مزدور (اسلم نے کچھ ایسے ہی مضحکہ خیز نام گنائے تھے) کو نئی دنیا کا پیغام سنا رہا ہو۔

اور میں ۔۔۔؟ امیلیا نے اپنے آپ سے پوچھا کہ میں کیا ہوں۔ ہندسہ کے بغیر صفر کی قدر کیا ہے۔ مرد بغیر عورت ۔۔۔ جسم بغیر جسم۔ روح بغیر روح۔

اس کے دل پر اداسی اور گرانی سی رہتی ہے۔ اس کا دل بار بار مچلتا ہے کہ کاش! وقت اس مدت کو حرف غلط کی طرح مٹا دے۔ اور پھر بازگشت کرکے وہیں پہنچ جائے جہاں رم جھم برکھا میں پیڑ تلے اس نے اسلم کی سگریٹ سلگائی تھی۔ اگر ایسا ہوا تو وا سلم کے جمے ہوئے قدموں کو ڈگمگانے نہ دے گی اس کے ایمان پر غبار نہ آنے دے گی۔

مگر وقت ہے کہ گزرتا جاتا ہے۔۔۔ یا وقت نہیں بلکہ ہم خود گزرتے جاتے ہیں۔۔۔

***

منتخب یادگار افسانوں کا مجموعہ

اجنبی اجنبی

مصنف : بیگ احساس

بین الاقوامی ایڈیشن جلد منظر عام پر آرہا ہے